五十嵐雄策
Illustration たん旦
1000日の
花嫁デイズ

「花織、けーすけ
おにーちゃんのこと
だーいすき♪」
幼なじみ1530日目
花織6歳
幼いころに隣の家に引っ越してきた、
天使な妹、菜々星花織ちゃん。

「……ケイ兄も、スーツ似合ってるよ。
か、かっこいい。……そ、それだけ」
幼なじみ4521日目
花織15歳

幼稚園から小中高大、
就職先まで一緒の、
陽キャな同級生、東雲舞花。
「……あ、でもけーすけは
あんま飲み過ぎちゃだめだよ？
飲み過ぎてベロンベロンに
なっちゃったことがあったっしょ」
幼なじみ4537日目
舞花23歳

幼なじみ1544日目
舞花15歳
「ほらほら、けーすけ、
起きなさーい！」

家出した時に助けてくれた、
ポンコツお姉さん、麻生和花菜さん。
「きみ、春野さんのところの
啓介くんでしょう？」
幼なじみ 182 日目
和花菜18歳

幼なじみ4531日目
和花菜29歳
「あ、啓介くん……
いらっしゃーい……。
……帰ってきて
ごろごろしてたら
移動するのがめんどくさく
なっちゃって」

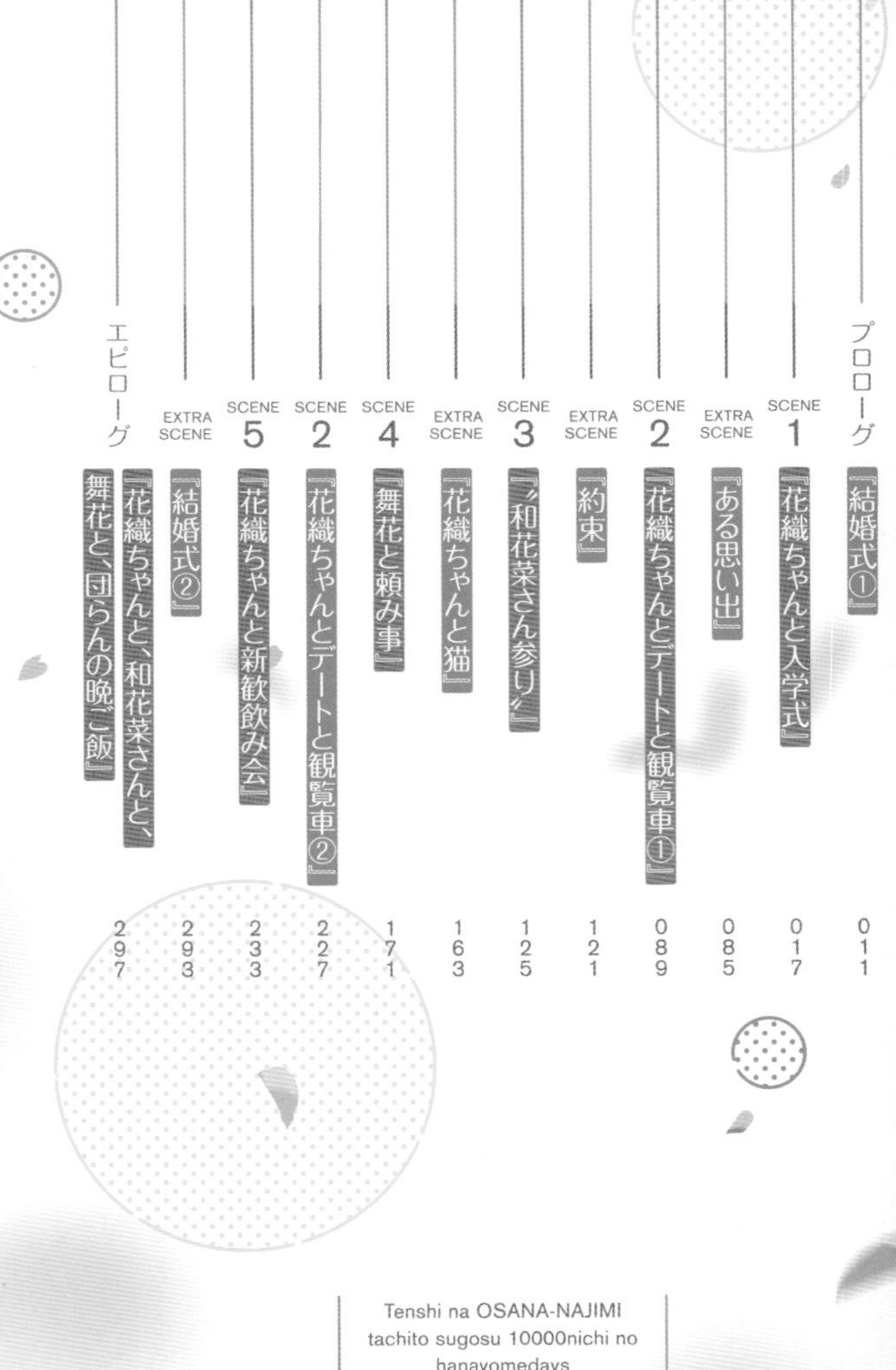

Tenshi na OSANA-NAJIMI
tachito sugosu 10000nichi no
hanayomedays

五十嵐雄策
Illustration たん旦
天使な幼なじみたちと過ごす10000日の花嫁デイズ

＊

幼なじみ。

子どもの頃から仲が良く、だれよりも近しい存在。

その絶対的な定義は変わらなくとも、相対的な関係性は時間とともに変化し、各々(おのおの)の立ち位置はそれに応じたものとなっていく。

時には最も親しい家族のような相手であったり。

時にはだれよりもわかり合えない赤の他人のような相手であったり。

そして時には……恋人であることも、人生の伴侶となることもあるのかもしれない。

相手次第で、その物語はまったく形を変える。

その有り様は、それこそ幼なじみの数だけ存在するのである。


これは記録。

小さな頃からずっと同じ時間を過ごしてきた、一番近く一番遠い、幼なじみたちの1000日に及ぶ記録だったりする。

プロローグ

『結婚式①』

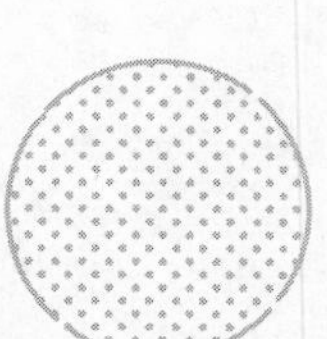

☆幼なじみ10000日目（????、????歳・????、????歳）

＊

その日、市内にあるホテルの式場は賑わいに包まれていた。

ロビーや待合室には大勢の人たちが詰めかけ、歓談をしながら間もなく始まるであろう結婚式と披露宴を待ちわびている。

ハレの日特有の幸せな空気。

そんな明るい喧噪が響く中、タキシードに身を包み廊下を歩いていく。

式場の人に案内されて控室に入ると……もうすでにミントグリーンのウェディングドレスに身を包んだ彼女がそこにはいた。

「あ、あはは、どう……かな？」

控室のドアが開いたのに気づくと、彼女は少しはにかんだ表情でそう言った。

「へ、ヘンじゃない……？　それは何回も試着はしたし、あなたにも見てもらったけど、いざ本番となるとやっぱりドレスに着られてないかなーとか不安になってくるっていうか……。え、似合ってる……？　あ、ありがとう！　あなたにそう言ってもらえるとすごくうれしい……！」

ぱあっと花が咲くような笑みでそう見上げてくる。

それはもう何年も前から見慣れた、大好きな彼女の笑顔だ。

「ほらほら、見て、このティアラ！　向日葵をモチーフにしたオーダーメイドで、すっごく気に入ってるんだ。かわいいよねー」

しきりに頭をこちらに見せながらうれしそうに笑う。

その言葉通り、その明るく華やかなデザインのティアラは彼女にとてもよく似合っていた。

彼女はティアラには思い入れがあるようで、最後までこだわっていたのでよかったと思う。

水族館の隣に併設されているこのホテルがいいと言ったのも彼女だ。

他にもいくつか候補はあったのだけれど、下見に来て実際の様子を目にした時に即決した。

『わー、いい雰囲気！　〝竜宮城の間〟とかもあるし、ここがいいよ！　ここにしよ、ね？』

ホテルと水族館のどちらも経営が同じ母体のようで、式や披露宴の演出などがそれにちなんだ独特のものなのだという。

「ふふ、水族館仕様のプロジェクションマッピング、どんな風になるのかドキドキするなあ。――あ、コユキ、連れてきてくれたんだ」

と、そこで手にしていたペットキャリーに気づいたのか、彼女がしゃがみこむ。

にゃー。

そこで小さく鳴いていたのは、真っ白な猫。

いっしょに暮らしていて家族同然の存在ということで、特別にここまで連れてくることを式場に許可してもらったのだ。

「そっか、コユキもお祝いしてくれてるんだね」

にゃーん♪

彼女の言葉に、猫――コユキが小さく鳴く。

猫の言葉はわからないけれど、その弾んだような声の調子から、祝ってくれているのはわかった。

「間もなく式が始まります。入場のタイミングになりましたらお呼びいたしますので、もう少しだけここでお待ちくださいね」

式場の人は笑顔でそう言って、控室を出て行った。

束の間、彼女と二人だけになる。

「ありがとう……私を選んでくれて」

と、彼女がぽつりと言った。

「ここにくるまで……長かったよね。あなたとの道は一本道じゃなくて、本当に色んなことがあった」

嚙みしめるようにそう口にする。

「でも今はこうしてあなたと同じ未来を共有して、いっしょに前を向くことができている。あ

なただけのお姫様になることができている。それが……何よりもうれしいの。──そう」

そこで彼女はじっとこっちを見上げると。

「大切な……幼なじみのあなたと、この日を迎えられて本当によかったって、そう思ってるから」

SCENE 1 『花織ちゃんと入学式』

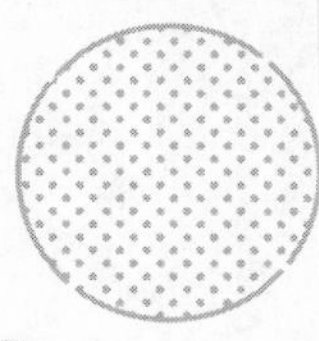

Tenshi na OSANA-NAJIMI
tachito sugosu 10000nichi no
hanayomedays

SCENE1—①

☆幼なじみ1530日目（啓介15歳・花織6歳）

1

桜の花びらが視界一面を覆い尽くしていた。

気持ちのいい春の風とともにふわりふわりと宙を舞うように落下していき、やがて地面に降り積もりピンク色の絨毯を作っていく。

まるでほんのりと色づいた雪みたいだなと、春野啓介は何となく思った。

「いよいよ今日から高校生、かあ……」

つい先日初めて袖を通したばかりの制服はまだ借り物のようで、どこかよそよそしい肌触りを醸し出している。

おろしたての革靴は硬く、半日も履いていたら靴擦れができてしまいそうだ。

ついでに学校指定のカバンも肩に食いこんでけっこう痛い。

そんな慣れない装いに囲まれてどこか落ち着かない心地でいると、ふいに後ろから呼びかけられた。

「けーすけおにーちゃん！」

聞こえてきたのは鈴を転がすようなかわいらしくまだどこかあどけない声。

振り返ってみると、そこには真新しいランドセルを背負って手を振る小さな女の子の姿があった。

淡い栗色をしたサラサラの髪の毛、太陽のようにまん丸でぱっちりとした目、そこにいるだけで花が咲いたかのように明るい雰囲気にさせてくれる真っ直ぐな笑顔が印象的だ。

「ごめんね、おまたせしちゃった！」

「ううん、大丈夫。こっちも今さっき支度が終わったところだったから」

「そーなの？」

「うん、だからぜんぜん待ってないよ」

「そっか、よかったー！　あのね、花織、けーすけおにーちゃんにみせたくて、いっぱいいっぱいおめかししてたのー。えへへー♪」

両手を広げながら顔をほころばせる。

そして次の瞬間、豆柴とかの小型犬が飛びつくようにぎゅーっと啓介に抱きついてきた。

「花織ちゃん？」

「けーすけおにーちゃんのせいふく、すっごくかっこいい！」

「ん、そう？」

「うん！　はくばにのったおうじさまみたい。ほれなおしちゃった！」

「そっか、ありがと」

「えへへー♪」

抱きついたまま満面の笑みで見上げてくる。

うーん、今日もかわいい。

まるで地上に舞い降りた無垢な天使と言っても過言ではないかもしれない。

他に比べるものもないその愛らしさに思わず啓介の頬が緩んでしまう。

「花織ちゃんもかわいいよ。制服とランドセル、似合ってる」

「え、ほんと？　おひめさまみたい？」

「うん、ランドセルを背負ったお姫様だ。あ、でもリボンが少しだけ曲がってるかな」

「え、どこ？」

「ここだよ。――はい、直った」

「ありがとー！　えへへ、やさしー。花織、けーすけおにーちゃんのことだーいすき♪」

頬をすり寄せながらそう言ってくる。

花が咲くような笑顔だった。

シッポが生えていたらブンブンと全力で振っていそうな真っ直ぐな好意。

緩んだ頬がさらにとろけて落ちそうになる。

　この女の子の名前は菜々星花織ちゃん。

　隣の家に住んでいるご近所さんであって、啓介の家とは家族ぐるみの付き合いだ。

　見ての通り、この上なく仲はいい。

「あ、でもけーすけおにーちゃん、こうこうであんまりほかのおんなのことなかよくしたらだめなんだよ？」

「ん、どうして？」

「だってけーすけおにーちゃんは花織のかれしなんだから。花織のことしかみちゃだめなのー」

「あー、そっか。はいはい、わかったよ」

「うん、それならいいのです」

　少しばかり独占欲が強いのは玉に瑕だけれど。

　とはいえ改めて釘を刺されるまでもなく、啓介の頭の中は百八十パーセント花織ちゃんのことでいっぱいなのはもう語るまでもなかった。

「～♪」

　鼻歌をハミングしながらスカートの裾を指でつまんでうれしそうにくるくるとその場で回る花織ちゃん。

　その仕草は実に様になっていて、こういうところは小さくても女の子なのだとしみじみと実感する。というかホントに天使だなあ……

カシャカシャ……！

ポケットからスマホを取り出して連写モードで天使の姿を写真に収めていると、そこで菜々星家の玄関から花織ちゃんの母親――穂波さんが出てきた。

「こんにちは、啓介くん」

「あ、どうも、こんにちは」

「あら、写真を撮ってくれてたの？　ふふ、いつも花織と仲良くしてくれて本当にありがとうね。ほら花織、啓介くんに相手してもらってるのもいいけどそろそろ行かないと」

「でももっとけーすけおにーちゃんとおはなししてたいー」

「歩きながらお話しすればいいでしょ。啓介くんもこれから入学式なんだから」

「……はーい」

穂波さんのその言葉に花織ちゃんが不承不承といった感じにうなずく。

そんな少し不満そうな顔もまたかわいい……というのは置いておくとして。

――そう今日は門出の日。

啓介は高校の、花織ちゃんは小学校の、それぞれの入学式なのだった。

2

幼なじみという言葉がある。

幼い頃から仲がよく、本当の家族のように親しくしている特別な関係。

その言葉の定義に当てはめると、啓介と花織ちゃんはまがうことなき幼なじみだ。

初めて出会ったのは今からおよそ四年前、啓介が十歳の時だった。

長い間空き家で売りに出されていた隣の家に、菜々星一家が引っ越してきたのだ。

引っ越し蕎麦を持って挨拶に来た両親の後ろに隠れながら、もじもじとこちらの様子をうかがっていた花織ちゃんの姿をよく覚えている。

『春野啓介だよ。よろしくね』

『……あ、う……』

『名前、訊いてもいい？』

『……あ、か、花織……ななせ花織、です……』

『花織ちゃんかあ。かわいい名前だね』

『え……ほ、ほんと ―― ……？』

『うん、花を織るって、素敵な響きだと思う』

『そ、そうかな？　え、えへへー。ありがとー』

天使の笑顔だった。

それを見た瞬間、啓介は何かで頭をぶん殴られたような、弓矢で胸を撃ち抜かれたような衝撃を覚えた。

目の前のこの子を自分が守らなければいけないという庇護欲のような使命のようなものがふつふつとマグマのように胸の奥から湧き上がってくるのを感じた。

その時から、啓介と花織ちゃんは幼なじみになった。

まさにその日が記念すべき幼なじみ0日目となったのだ。

最初こそ少しばかり壁のようなものはあったものの、比較的歳も近かったということもあり、花織ちゃんはすぐになついてきてくれた。

お互いの家を行き来したり、お泊まり会をしたり、いっしょに旅行などに行ったりしているうちにその距離はどんどん近づいていき、気づいた時には「けーすけおにーちゃん♪」と呼ばれるようになり、どこに行くのにもカルガモの赤ちゃんのようにとことことついてきてくれるようになった。

花織ちゃんはもともと明るくて天真爛漫な性格だったし（天使だけに……！）、啓介もかねてから弟妹がほしいと思っていたので、その状況は心から大歓迎といっていいものだった。

その頃にはもう啓介は花織ちゃんのことをほとんど実の妹のように溺愛するようになっていたと思う。

いや実際に妹がいたことはないのでよくわからないのだけれど、この気持ちはきっと父性だとか兄心だとかの極みに違いない。

そしてそれから早四年。

今ではすっかり唯一無二の、一日会わなければ花織ちゃん成分不足で禁断症状に陥るほどのこの世で一番大切な存在になったのだけれど……

「やだやだやだ――――――！　花織もけーすけおにーちゃんといっしょにいく――――――！」

小学校と高校へと続く道の途中にある三叉路。

その傍らで、電柱にしがみつきながら花織ちゃんは大声で泣きじゃくっていた。

「花織はけーすけおにーちゃんとずっといっしょなの――――！　かたときもはなれないの――――！」

「しょうがないでしょ。花織が行くのは小学校で、啓介くんが行くのは高校なんだから」

「そんなのしらない――――！　だったら花織もこうこうにいく――――――！」

穂波さんがいくら説得しても聞く耳をもたない。

反応自体はこの上なくうれしいものの、こういう時はどうしていいのか少しばかり対処に困ってしまう。

「いいでしょいいでしょー！　けーすけおにーちゃん……！」

「うーん……」

連れていってあげたいのは山々だけど、当然ながらいいわけはない。

とはいえ捨てられたカルガモの赤ちゃんみたいな目をして見上げてくる花織ちゃんの姿を見ると、啓介も無碍にはできなくなってくる。

なので。

「それじゃあ花織ちゃん、学校が終わったらいっしょに遊びにいこうか？」

「……え？」

ぴたりと、花織ちゃんの泣き声が止まった。

「……それって、でーと？」

「うん、そうだね。そうとも言うかもしれない。どう？」

「……うん、するー！　けーすけおにーちゃんとでーと！」

その場でぴょんぴょんと飛び跳ねながら喜ぶ花織ちゃんを見て、啓介は苦笑しながら息を吐いた。

「ごめんね……啓介くん」

穂波さんが申し訳なさそうにそう言ってくるものの。

「大丈夫です。花織ちゃんと遊びに行くのは僕も楽しいですから」

それは当然のごとく本心からのことだ。

よく笑って、無邪気で、どんな時でも真っ直ぐに感情を表してきてくれる天使な花織ちゃんといっしょの時間を過ごすのは何よりも楽しい。至上の幸福と言ってもいいかもしれない。

「じゃあじゃあ、ぜったいだよ。やくそくね♪」

「うん、約束」

そう言って指切りをして。

笑顔で手を振りながら、花織ちゃんは穂波さんとともに小学校へと歩いていった。

「さ、行くか」

その姿を見送って、啓介も高校へと向かったのだった。

3

高校の入学式は至って普通だった。

体育館に集合して、校長先生の長い話を聞いて、時間が過ぎるのを待つ。

新しい環境が始まることへのワクワク感はあるものの、式の内容自体は小学校や中学校のそれとさして変わらない。

親が見に来ていることに緊張している生徒たちもいたが、あいにくそれは啓介（けいすけ）にとっては無縁の話だった。

あの時は金なりどころかプラチナのように忙しい父親が息子の入学式ごときに来られるわけがない。

それにカブトムシみたいに雑な性格をしているから、ヘタをしたら今日が入学式だということ自体把握していないだろう。

いやまあさすがにこの歳（とし）になって親がいないと心細いということもないから別にいいのだけれど。

やがて一時間ほどで式は終了した。

体育館を出た生徒たちはクラスごとにまとまってそれぞれの教室へと移動する。

啓介（けいすけ）は一年一組だった。

「はあ、疲れた……」

名前の五十音順に配置された机に座り、大きく息を吐く。

ああいった堅苦しい場はどうにも苦手だ。

肩が凝って、頭が痛くなってくる。

周りの様子をぼんやりと眺めながら、疲れた頭を花織ちゃん成分で癒やすべくスマホの写真に目をやりつつ（やっぱり花織ちゃんはかわいいなあ……）、ホームルームが終わったらどこに出かけようかと思案していると。

「ん、啓介か」

頭の上から聞き覚えのある声がかけられた。

見上げるとそこには、眼鏡をかけた真面目そうな雰囲気の男子の姿があった。

「おはよう、正臣」

「同じクラスだったのか」

「みたいだね」

城ヶ島正臣とは、小学校の頃からの十年近い付き合いだ。

見た目はクラス委員でもやっていそうなかっちりとした風貌だけれど、中身は意外にフランクで付き合いやすく、友だちも多い。だけどその本質は見た目の通り誠実で義理堅い、信頼できる相手であることを啓介はよく知っていた。

どうやら高校でもめでたく同じクラスになったらしい。

「今日は来るのが遅かったな。何かあったのか？」

「あ、うん、ちょっと花織ちゃんと色々」

「またか？　高校になっても変わらないな……」

「だってほら、見てみなって。今日も天使じゃないか？」

スマホを差し出して、真新しい制服とランドセルとともにピースサインをしている花織ちゃんの写真を見せる。

それはまさにあまねく地上に祝福を振りまく天使そのものと言って差し支えのないかわいさだ。

ちなみに啓介のスマホ内には、『マイエンジェル☆花織ちゃん』と書かれた花織ちゃん専用のフォルダが五つほどあった。

「……あいかわらず引くくらいの花織ちゃんマニアだな」

「それはもう。花織ちゃんがいれば他には何もいらないし」

「今からそれじゃあ、彼女がお嫁にでも行った日にはショックで卒倒するんじゃないか？」

「そんなことになったら泣く。三日三晩飲んだくれて泣き明かす。というか僕の眼鏡にかなわない相手ならそもそも同じ空間にいることを断固として認めないから」

「……はあ。どうしようもないな。それさえなければ今頃お前には彼女の五人や十人くらいできてるだろうに……」

眼鏡の縁を指で押さえながら、正臣がチラリと教室の傍らに視線を送りつつ大きくため息を吐く。

その先では、クラスの女子が数人小声で「……かっこいいよね……」とか「……いるのかな

何だろう、あの子たちも花織ちゃんに興味があるのかな？

「……？」とか「……話しかけてみたら……？」とかをヒソヒソと話しながらこっちを見ていた。

「？」

「いや、いい。それはそれでお前の個性なんだろうし」

どういうことなのかさっぱりわからない。

とはいえ啓介にとって花織ちゃんに直接関係すること以外は全て些細なことなので、その疑問はすぐに意識から消え去った。

「はいみんなー、席に着いて。ホームルームを始めるよー」

と、教室のドアが開いて担任教師が中に入ってきた。

それを聞いたクラスメイトたちが蜘蛛の子を散らすように席へと戻っていく。

「また後でな」

そう言って正臣も自分の席へと戻っていった。


ホームルームは思ったよりも時間がかかった。

三十分くらいで終わると思いきや、自己紹介をしたり、クラス委員を決めたり、担任の佐藤先生が家で飼っているクレステッドゲッコーがいかにかわいいか熱弁するのを聞かされたりなどしているうちに、あっという間に一時間が経ってしまった。

花織ちゃんの方はもうとっくに入学式が終わって家に帰っている頃かな……などと考えつつ、一分でも早くホームルームが終わることを願いながら、佐藤先生が写楽くん（クレステッドゲッコーの名前）の寝ている姿の愛らしさについて語る声をひたすらに聞き流す。

ようやくそれらから解放された頃には、二時間が経ってしまっていた。

「はあ、やっと終わった……」

ドッと疲れた気分だった。

佐藤先生は基本的にはいい先生っぽいのだけれど、話の長さにはこれからも悩まされそうだ。

強制的にニューカレドニア産のヤモリまみれにされた脳内を浄化するために一刻も早く花織ちゃんに会うべく帰りの支度をしていると。

「なあ、これからヒマだったらファミレスにでも寄っていかないか？」

正臣が席までやってきてそう言った。

普段だったら普通にうなずき返している誘いなのだけれど、あいにく今日はタイミングがよくない。

「ごめん、今日はこれから花織ちゃんと出かける約束をしてるから」

「ああ、そうなのか」

「うん、急に決まって」

「わかった。それなら仕方ないな」

「悪い。だから、また今度——」

そう言って席から立ち上がりかけて。

ブブブブブ……

と、そこでポケットの中でスマホが鈍く振動した。

「ん、何だろ？」

取り出して見ると、穂波さんからのメッセージのようだった。

首をひねりながら、ＲＩＮＥを開く。

するとそこに表示されていたのは……

『花織が家からいなくなっちゃったんだけど、啓介くん何か知らないかな……⁉』

「……！」

そんなメッセージだった。

花織ちゃんが行方不明……！

思わず机をガタッと揺らしてしまう。

それは啓介にとって本来だったら天地を揺るがすほどの大事のはずだ。

「……」

だけど何となく予感がした。

虫の知らせというか、昔理科の授業でやった通電実験みたいにビビッとくる予感。

花織ちゃんはああ見えて、歳の割にはすごく頭がいい。

頭がよくて、さらには行動力に優れている。

だとしたらたとえば……啓介の高校の場所を把握しているということもあり得るのではないか。

そしてその上で、いつまでも帰ってこない啓介にやきもきして、穂波さんの目を盗んで自力でここまで来てしまうくらいの行動力はあるのではないか。

「……」

果たしてその予想は正しかったらしい。

次の瞬間、教室に備え付けられていたスピーカーから、こんな放送が聞こえてきた。

『一年一組の春野啓介くん、一年一組の春野啓介くん。お知り合いの小学生が来ています。至急放送室まで来てください。繰り返します。一年一組の春野啓介くん、お知り合いの小学生が――あ、ちょっと、ダメだって!』

『けーすけおにーちゃん、おにーちゃんのかのじょの花織だよ――――!　おにーちゃんがこいしくなってきちゃった。いまからむかえにいくねー！』

『あ、こ、こら……！』

『まっててねー！』


「……」

「え、今のってどういうこと……？」

「けーすけおにーちゃんって……春野くんのことだよね？」

「なんか小学生とか言ってなかった？　それにカノジョ……？」

「女子小学生がカノジョって……」

「じゃあ春野くんってそういう小さな子にしか興奮しないロリコン——」

　教室内がにわかにざわつく中。

「——違う！」

　それらの言葉を遮るように啓介は声を上げた。

　一気に辺りが静まり返る。

　今のクラスメイトたちの言葉には決定的な間違いがある。

「は、春野くん……？」

「そ、そうだよね、今のは何かの聞き間違えで……」

「春野くんがそういう特殊な性癖なわけ……」

とりなすような視線を向けてくるクラスメイトたちに。

「花織ちゃんはカノジョじゃない！　花織ちゃんは僕の……絶対にお嫁に出したくない大事な天使で妹だ！」

「「「え、突っ込むところそこ……⁉」」」

一斉にそんな声が教室に響き渡った。

だけど花織ちゃんの唯一にして絶対のお兄ちゃんを自称する啓介にとっては何よりも大事で譲れないポイントだった。

「……啓介、お前はまたそういうことを……」

隣で正臣が頭を抱えていたけれど今はそれどころじゃない。

ざわめくクラスメイトたちをスルーして、啓介は教室から飛び出したのだった。

4

啓介が放送室にたどり着くと、そこにはもう花織ちゃんの姿はなかった。

だけどその場に確かに残った花織ちゃんの気配から、少し前まで彼女がそこにいたことを確信する。

「あの、さっきまでここに花みたいにかわいい小学生の女の子がいませんでしたか……！」

残っていた女子生徒に尋ねると、こんな答えが返ってきた。

「あ、はい。その子でしたらおにーちゃんのところへ行くと言って飛び出していってしまって……」

「わかりました、ありがとうございます……！」

「あ、ちょっと……！」

女子生徒の言葉も待たずに啓介は走り出した。

花織ちゃんを一人にさせておくなんてそんなことは片時たりともできやしない。

あの通り花織ちゃんは人懐っこい仔犬みたいな性格だし、地上に降臨した天使そのものだから、放っておいたら出会う相手を片っ端から虜にしてしまうかもしれない。いや間違いなくしてしまうだろう。

もしかしたら……ファンクラブなんかもできてしまうかもしれない。

花織ちゃんを守るべきお兄ちゃんとして到底そんな事態は見過ごせない。

一刻も早く花織ちゃんを保護すべく、その辺を歩いていた生徒たちを捕まえて尋ねる。

「小学生くらいの女の子？　あ、見かけた見かけた。どうして小学生がこんなとこにいるのかなーって思ったけど」

「なんかかっこよくて優しくて王子様みたいなおにーちゃん？　を探してるって言ってたかなー」

「でも目とかくりっくりで髪の毛もさらっさらで、すっごくかわいかったよねー」

「そっか、ありがとう！」

最後のありがとうは花織ちゃんをかわいいと言ってくれたことに対してだ。

花織ちゃんがほめられるのは嬉しい。

何であっても素直に嬉しい。

世界の生きとし生けるものはもっともっと花織ちゃんのことをほめ称えるべきなのに。

ちなみに背後から「あれがおにーちゃん……？」「わかんない。でもイケメンだったからそうなんじゃないかな？」「だよねー。何年生なんだろ？」みたいな声が聞こえてきたような気がしたけれど、特に花織ちゃんには関係なさそうだったのでスルーした。

聞き込みを続けながら、さらに廊下を走っていく。

「え、女子小学生？　うーん、見てないな」

「あ、いたいた。ペンギンみたいにとことこ走ってかわいかったね」

「昇降口のところにいたようないなかったような……？」

途中で生徒たちからいくつかそんな話を聞くことができたものの、決定的な目撃情報には至らない。

放送があったのはつい十分くらい前のことなので、花織ちゃんの足ならそう遠くまで行っていないはずなんだけど……

足を動かしながら辺りを見回していると、そこで廊下の先に見慣れた後ろ姿を発見した。

啓介と同じ一年生のリボンをした女子生徒。

あれは……

「舞花！」

「？　あれ、けーすけじゃん。どしたの、そんな慌てた顔して？」

声をかけると、女子生徒は振り返って首を傾けた。

明るいトーンの髪、短めのスカート、活動的な表情。

見るからにコミュ力が高そうで、エネルギーが身体の内側からあふれ出してくるような潑剌とした空気をまとっている。

彼女——東雲舞花は啓介の知り合いだった。

「実は花織ちゃんが校内に来てるらしくて……」

「かおかお？　え、何で……てか、あー、やっぱりさっきの放送ってかおかおとけーすけだったんだ」

「あー、うん。詳しい事情は後で話すけど、そういうわけだから花織ちゃんのこと見てない？」

「んー、見てないかな。残念だけど……あ、でもさ」

「？」

「そういうことならけーすけの方がよくわかるんじゃない？　ほら、いっつもかおかおといっしょにいるし、こっちがちょっとドン引きしてうわぁやば！って思うこともあるくらいのかおかおマイスターだし、あの子が行きそうなところとかやりそうなことなら全部把握できてそうっていうか」

それは確かにその通りだった。

花織ちゃんのデータなら身長体重一分間の平均脈拍数から好きな鍋の具材（イワシのつみれ）まで余すことなく頭に入っている。

片っ端から道行く生徒に訊いたり闇雲に探すよりはその方がよほど効率がいいだろう。

頭を捻らせて、花織ちゃんが向かいそうな場所、採りそうな行動を想像する。

すると……

「……あっ」

「お、何か思い浮かんだ？」

「うん、もしかしたら……」

とある可能性が思い当たる。

確証はないけれど、そこに重点を絞って捜してみる価値はありそうだ。

「ちょっと思いついた場所に行ってみる！　ありがとう、この借りはそのうち！」

「いいっていいって。けーすけとかおかおのことなんだし。あ、でもそうだ、だったら学校の近くにおいしそうなカフェ見つけたんだ。今度付き合ってよ」

「了解！」

その声に大きくうなずき返して、啓介は再び走り出したのだった。


例えば好奇心旺盛な仔猫は、周囲に何か気になったことがあるとそれが何であるか木に登って確認したりする。

それが危ないだとか、どうやって降りるのだとかはあまり気にしない。

何かがあった時にはとりあえず高いところに登ってみることは、ある意味で生きているものの本能であると言ってもいいのかもしれない。

そしてそれは花織ちゃんも例外ではない。

普段からかくれんぼや鬼ごっこなどでだれかを探す時、花織ちゃんは決まってジャングルジムや遊具などの上に登って辺りの様子をうかがっていた。というかそれでなくともよく自宅の屋根の上や近くのマンションの給水塔の上などに登ったりもしていた。

だとしたら……

どうやら啓介のその予測は当たってくれたようだった。

「にゃーにゃーにゃー、にゃんにゃんにゃーん♪」

屋上、部室棟の二階、五階にある見晴らしのいい教室の次に訪れた場所。

中庭の中央にある、大きな桜の木。

鮮やかなピンク色に包まれた、ほぼ高校の敷地全体を見渡すことができる絶好の場所であるその樹上に……花織ちゃんはいた。

「花織ちゃん！」

「！　あ、けーすけおにーちゃん！」

啓介が声をかけると、花織ちゃんは飼い主の手にチュールを見つけた仔猫のようにぱあっと表情を輝かせた。

「けーすけおにーちゃん、いたー！　あのねあのね、けーすけおにーちゃんのきょうしつにいこうとおもったんだけど、どこだかわからなかったの。それでここからだったらけーすけおにーちゃんのことをみつけられるとおもってきたんだけど、そしたらこのこがいて……」

「え？」

にゃー。

というか本物の仔猫がいた。

真っ白な毛並みの小さな猫。

花織ちゃんの手の中に収まりながら、不安げな表情できょろきょろと辺りを見回している。

「このこ、おりられなくなっちゃったみたいなの。だから花織がおろしてあげようとおもっておはなししてたんだー。すぐそっちいくからまっててー」

「わ、わかった、わかったからあんまり動かないで……！」

ゆさゆさと枝を揺らしながら手を振る花織ちゃんに呼びかける。

「えー、だいじょぶだよ。花織、うんどうしんけーいいんだからー」

明るい調子でそう言うも、乗っている枝はなおもグラグラとしていて見るからに危なっかしい。

とにかく早くあそこから降ろさないと……！

啓介が桜の木に向けて一歩踏み出しかけたその時だった。

「あ……っ……」

グラリ……

啓介に向かって楽しげににゃんにゃんポーズをしていた花織ちゃんがバランスを崩して、その身体が大きく傾いた。

「危ない……！」

その瞬間、周りが見えなくなった。

落下してくる花織ちゃんの姿だけがスローモーションのようにゆっくりと視界に映る。

とっさに地面を蹴って、ヘッドスライディングの要領で滑り込むように突っ込んだ。

バサバサバサ……ドサリ！

花織ちゃん（とネコ）が墜落する寸前で……何とか地面との間に割り込むことに成功した。

「つつつ……大丈夫、花織ちゃん……！」

胸の中の一人と一匹に呼びかける。

「う、うん……へいきー。で、でもけーすけおにーちゃんが……」

「僕は何ともないよ。それより花織ちゃん、ケガとかは……！」

「あ、だ、だいじょうぶ。けーすけおにーちゃんがたすけてくれたから……」

「そっか、よかった……」

ほっと胸をなで下ろす。

花織ちゃんの身に一ミリでもかすり傷などつこうものなら、地面に頭がめり込むほど土下座をしても償いきれない。

「うう、ごめんなさい、けーすけおにーちゃん。花織、めーわくかけちゃった……」

「いいって。花織ちゃんが無事だったのが何よりだから」

「でも……」

「いいから」

落ちてきた天使（かわいい）とその横で小さく鳴く仔猫の無事に心底安堵しつつ、啓介は大

きく息を吐いた。

「それより花織ちゃんはどうしてここに……？」

いかに行動力があるとはいえ、普段だったら花織ちゃんは黙って家を抜け出すような子じゃない。時々暴走して周りが見えなくなる時はあるけれど、基本的に聞き分けはいい良い子なのだ。

「えっと……」

「？」

すると真っ直ぐに啓介の顔を見上げて。

「だってけーすけおにーちゃん、ひとりだったでしょ……？」

「え？」

花織ちゃんはそう口にした。

「せっかくのにゅうがくしきなのに、おにーちゃんのおとーさんはこれないんでしょ？　だれもみてくれるひとがいないの、さみしいもん。だから花織、いっしょにおいわいしようとおもったの。おにーちゃんはひとりじゃないって、花織がいるんだって」

「花織ちゃん……」

「んー……ぎゅっ」

そう言うと、花織ちゃんはその言葉通りぎゅーっと啓介のことを抱きしめてきた。

普段の甘えるようなものとは違う、包みこんでくれるような温かな抱擁。

温かな日だまりのようないい匂いがふわりと辺りに漂う。

「だいじょーぶだよ。花織はいつだっておにーちゃんといっしょにいるから。ずっといっしょにいて、おにーちゃんがなきそうなときは、こうやってぎゅーってしてよしよしってしてあげる」

「……」

「花織はおにーちゃんのかのじょなんだから。だからおにーちゃんはしんぱいしなくていーんだよ？　花織がいればおにーちゃんはきっとぽかぽかでにこにこのえがおになれるのー」

そう言って頭をぽんぽんと撫でてくれながら、満面の、その名前通り花が織りなすような笑みを浮かべる。

その笑顔を見ているだけで、心の中に灯火が点ったかのように胸がほっと温かくなってくるのを感じた。

「ありがとう……」

「え……？」

「うん、おかげで笑顔になれた。花織ちゃんが来てくれてすごく嬉しかったよ」

った。

「あ……」

啓介がそう伝えると花織ちゃんは目をぱちぱちとさせて。

「えへへー♪　どういたしましてー。かのじょのめんもくやくじょなのー」

もう一度、背後で降り注ぐ桜の花びらに負けないような、まぶしい笑顔を咲き誇らせたのだった。

5

「──それじゃあ帰ろうか？　穂波さんも心配してるだろうし」

「うん、けーすけおにーちゃんといっしょにかえるー」

啓介の言葉に花織ちゃんが笑顔でそう答えて。

二人で手を繋いで、校門へと歩き出す。

ちなみに花織ちゃんが助けてあげた仔猫はお礼を言うように「にゃー♪」と鳴いて校舎の方へと走り去っていった。きっとそっちに住処があるのだろう。

「ふふー♪」

と、隣でスキップをしていた花織ちゃんがご機嫌そうに啓介を見上げた。

「ん、どうしたの、花織ちゃん？」

「あのね、花織、やっぱりけーすけおにーちゃんといっしょにいるとたのしい。むねがどきどきして、すっごくぽかぽかになってくるの」

「そっか。僕もだよ」

「えへへー、いっしょだねー♪」

本当にうれしそうに笑う。

そして笑顔のままぎゅーっと啓介の手を強く握りしめると。

「けーすけおにーちゃん、だいすき。ずっとずっとずーっとこうしてよーね。だって」

そこで花織ちゃんは立ち止まって。

握った手にぎゅっと力をこめながら真っ直ぐにまた啓介の目を見上げて、こう口にした。

「だって、やくそくしたもんね」

「花織、おおきくなってもいまとおんなじでずっとけーすけおにーちゃんといっしょにいるの。いっしょにいて、たくさんおしゃべりして、いっぱいあそんで、それで」

「それでけっこんして、およめさんになるって」

何の迷いもない、真っ直ぐな言葉だった。

「うん、そうだね」

「やくそくなんだよ？　ぜったいなんだよ？　やぶったらめーなんだからねー？」

「はいはい」

「うん、ならいいのです」

そう言って楽しそうに笑う。

それはかつて交わした、大切な約束だった。

とあることがあってふさぎこんでいた花織ちゃんと、守ることを誓った約束。

それが実際に叶うことはおそらくないだろうと思うけれど（だって花織ちゃんは大事な妹で地上に舞い降りた天使だ）……啓介にとってその約束が何よりも大事なものであることは事実だった。

「はー、でもでも、きょうはほんとうにたのしかったのー。けーすけおにーちゃんのこうこうにこれたし、にゃんこちゃんとおともだちになれたし……あ、だけど」

「？」

「……けーすけおにーちゃんとでーとできなかった。すっごくたのしみにしてたのに……」

しょんぼりと花がしぼんだみたいに肩を落とす。

「そっか、でももう今日は時間が遅いから……」

「そうだけど、うー……」

「んー、わかった。じゃあ今度の日曜日、二人でどっかに行こうか？」

「え、ほんと！」

「うん、今日の埋め合わせってことで。穂波さんには話しておくから」

「やったー！　わーい、けーすけおにーちゃん、だいすきー！」

さっきまでの落ちこみ具合はどこへやら、満面の笑みを浮かべて、花織ちゃんがむぎゅーっと抱きついてくる。

小型犬のタックルのような真っ直ぐな勢い。

うん、いつもの花織ちゃんだ。

思わず啓介の口元から笑みがこぼれる。

そんな二人をささやかにお祝いするかのように、桜の花びらが周囲に降り注いでいたのだった。

SCENE1―②

☆幼なじみ4521日目（啓介23歳・花織15歳）

1

桜の花びらが視界一面を覆い尽くしていた。

気持ちのいい春の風とともにふわりふわりと宙を舞うように落下していき、やがて地面に降り積もりピンク色の絨毯を作っていく。

まるでほんのりと色づいた雪みたいだなと、啓介は何となく思った。

そんないつか見たような景色の中、啓介がスーツの襟を正していると。

「ほら、ケイ兄、早く行きなって」

どこか突き放すような声が、舞い落ちる桜の花びらで埋め尽くされた玄関先に響き渡った。

聞こえてきた元は――隣の家の庭先。

そこで真新しい高校の制服に身を包んだ花織ちゃんが、啓介に向かって呆れたような目を向けていた。

「今日が初出社なんでしょ？　もう七時半過ぎだし、いいかげん出ないと遅れちゃうじゃん」

「いやそれはそうなんだけど……」

「？　なに？」

「花織ちゃんのかわいい制服姿をいつまでも見てたくて立ち去りがたいっていうか……」

「……っ……」

「ずっといっしょにいて片時も離れたくないっていうか……」

「……っっっ……」

その言葉に、花織ちゃんが頰をトマトのように赤くしながら顔を逸らす。

うーん、そんな照れたような表情もあいかわらずかわいい。

「……そ、そーいうのはいいから！　ていうか私の制服姿なんて、試着の時とかにもいっしょにいたんだから何回も見てるでしょ！　い、今さらそんなまじまじと見るようなものじゃ……」

「でも高校の入学式に向かう前の花織ちゃんはこれが最初で最後だから。しっかりと目に焼き付けておきたくて。……ねえ、高校までついて行っちゃダメかな？」

「ダ、ダメに決まってるでしょ……！」

「えー、でも」

「でももカルガモもないの！　ダメなものはダメ！　NG！　絶対禁止……！」

「そっか。残念……」

花織ちゃんの無情なリアクションに啓介が打ちひしがれてしょんぼりとした気持ちになっていると。

「……あ、あー、もう、そんな捨てられた大型犬みたいな顔しないでってば……制服をほめてくれるのはうれしいし、そう言われるのはイヤじゃないけど……そ、そーいうところなんだよね、ケイ兄は……」

「？」

「……なんでもない。とにかく、ケイ兄が行かなくても私はもう行くから。遅刻しちゃう」

そう言ってスカートを翻しながら門を出る。

その後ろ姿を名残惜しく思いながら見送る啓介に。

「……あ、ケイ兄。ネクタイ、曲がってるよ？」

「え？」

「ほら、結び目のところ」

手探りで確認してみると確かにそのようだった。

ネクタイ、苦手なんだよな……

中学高校とブレザーであったのにもかかわらず、どうにもネクタイというものが肌に合わないのである。何とか直そうとするも、うまくいかない。

するとそんな啓介を見かねたのか。

「あー、そうじゃないって。もう、いいから私に任せて。ほら、ちょっとこれ持ってて」

「お……」

そう言うと花織ちゃんは学校指定のカバンとは別に手に持っていた紙袋を啓介に持たせると、ネクタイに手をやった。

肩までの髪がふわりと揺れて、花のように柔らかい香りが辺りに漂う。

「ネクタイはくぼみを高めの位置に作るのがコツなの。ケイ兄は結び目の下に何となく作ってるからうまくいかないんだよ」

「そうなんだ。助かる」

「もー、ケイ兄も大人なんだから、これくらい自分でできるようにならなきゃダメでしょ」

「え？　そこは花織ちゃんが毎朝直してくれればいいんじゃないかな？」

「……っ……。だ、だからそーいうところが……」

口ではそう言いながらも丁寧に手を動かしてきてくれる。

中学に上がる頃から少しばかりそっけないところも増えてきたけれど、やっぱり花織ちゃんは優しくていい子で天使みたいだなあと思いつつ、啓介は笑顔で身を任せた。

「はい、これでおわり」

「ん、ありがとう」

「……お礼なんていいって。私も小さい頃リボンとかよく直してもらったし。それじゃあもう行くから」

そう言って今度こそ足早に立ち去ろうとして、と、花織ちゃんはそこで何かを思い出したかのように立ち止まった。

「……そうだ、言い忘れてたけど」

「ん、なに？」

「……」

「？」

「……ケイ兄も、スーツ似合ってるよ。か、かっこいい。……そ、それだけ」

少しだけ顔を横に向けながらそう口にして、そのまま逃げるように走り去っていったのだった。

——そう今日は門出の日。

啓介は会社の入社式、花織ちゃんは高校の入学式がそれぞれあるのだった。

2

幼なじみという言葉がある。

幼い頃から仲がよく、本当の家族のように親しくしている特別な関係。

その言葉の定義に当てはめると、啓介と花織ちゃんはまがうことなき幼なじみだ。

初めて知り合った時から数えるともう十年以上の付き合いで、まもなく十三年になろうかという間柄である。

十三年という年月は短いものではない。

日数にしておよそ４７００日。その間に花織ちゃんも小学生から中学生に、そして今日晴れて高校入学を迎えるほどの期間だ。それくらいあると取り巻く状況は変わり、少しばかり関係性は変わってきてしまっていたところもあるけれど、それでも啓介の花織ちゃんへの尽きることのない父性と兄心は欠片も変わらない。

「入学式、ついて行きたかったなあ……」

きっと花織ちゃんのかわいくて可憐で愛くるしい姿を、それこそマイナスイオンを浴びるように堪能することができただろうに。

心の中で深いため息を吐きながら、本日から勤めることとなる会社へと足を向けたのだった。

入社式はつつがなく終了した。

会社所有の大ホールに集まって、社長の訓示を聞いて、時間が過ぎるのを待つ。

その後の研修も特に大きな問題などはなく解散となって、ひとまずは自由の身となったのだった。

「さて、どうしようかな……」

思ったよりも早くヒマになってしまった。

もっと長引くだろうと考えていたので特にこの後の予定はない。

こうなることがわかっていたら花織ちゃんと何か約束をしていたのに……と思いつつ、そこでとあることを思い出した。

「そうだ、これ……」

朝に花織ちゃんから手渡された紙袋。

あの後何か焦っていたのか、啓介に持たせたまま花織ちゃんは足早にその場から立ち去っていってしまった。

紙袋の口から見える中身は、どうやらジャージのようだ。

そういえば入学式の後に部活見学があって、花織ちゃんは運動部の体験入部に参加したいと言っていた。きっとこれはそのために用意したものだろう。

「てことは、ないと困るよね……？」

制服でも参加できないこともないが、不便であることには違いない。

幸いなことに、ここから花織ちゃんの高校までそんなに遠くない。電車で十五分もあれば行ける距離だ。

だったら、決まりだ。

忘れ物を届けるというお兄ちゃんとしての大事な使命を果たすべく花織ちゃんの高校へと向かおうと（決して花織ちゃんの高校に行きたいからではない、うん）、社員用の出口を出ようとしたところで。

「――あ、あの、春野さん」

「？」

ふいに呼び止められた。

振り返ってみると、そこにはスーツ姿の女性が何人か並んで立っていた。

全員見た顔だ。

確か……

「ええと、さっきの研修でいっしょだった……」

「あ、はい、同じ課の咲野です」

「そうだ、咲野さん」

「ええと、私たち、この後にみんなでご飯に行こうって話してたんですけど、時間があったら春野さんもいっしょにどうかなって……」

どうやら食事に誘われているようだった。

「そうなんだ？　でもゴメン、今からちょっと用事があって……」

「あ、そ、そうなんですか……」

「うん、また今度誘ってくれると嬉しいかな」

何もなければ参加してもいいところだったけれど、残念ながら花織ちゃん絡みの用件とあっては迷うべくもない。

失礼のないように丁寧にお断りをして、啓介は社屋を出た。

と、そこで。

「あいかわらずだな……」

「正臣」

出口を出てすぐのところに正臣の姿があった。

正臣もまた、啓介と同じ会社に就職していた。

同じ大学で同じ学部で同じゼミであったことから、ある意味必然的に就職先も同じとなったのだった。

「また今日も花織ちゃん絡みの何かなのか？　あの子ももう高校生だろう。いいかげんそこまで過保護に気にかけなくても大丈夫なんじゃないのか？」

「花織ちゃんは僕にとって永遠の天使で、妹で、守るべき存在なんだ。そのスタンスは何があっても微塵も変わらない」

「だからってな……」

「そういう正臣だってこの時間にこんなところに一人でいるってことは、飲み会の誘いを断ったんじゃないのか？」

その言葉に正臣は首を振る。

「俺はいいんだよ。もともとそういうのはあんまり得意じゃない」

「そっちの方が問題だと思うけど……」

何事も如才なくこなすように見えて、意外と付き合う相手を選ぶやつなのである。

「そういえば舞花はどうしたの？　確か正臣と同じ部署じゃなかったっけ？」

「東雲さん？　彼女ならタダ酒が飲めるって、喜んで飲み会に行った」

「あー……」

納得。

舞花は昔からそういう飲み会とかコンパとかが好きだったっけ。

学生時代もサークルなんかで開催される度に喜んで参加していた気がする。

年月の経過や周りの環境が変化するにつれて、関係性というものは色々と変わっていく。

昔はカンガルーの赤ちゃんみたいに啓介にべったりだった花織ちゃんが、最近はその、少しばかりそっけなくなってしまったのも、おそらく思春期とかそういった生理的な変化が影響しているのだろう。……そうだよね？

だけどそんな中でも、舞花だけは本当に変わらない。

いつだって明るく裏表がなくて、気さくな女友だちとしてフレンドリーに接してくれて、そのことを啓介はこの上なく好ましく思っているのだった。

「ほんとに舞花だけはずっと変わらないなあ」

啓介がそうつぶやいていると、なぜか隣で正臣が渋い顔をしていた。

「……お前は昔から花織ちゃんに関すること以外だと極端に鈍いところがあるよな。や、花織ちゃんに関することでもそうか……」

「？」

「……いや、何でもない。俺が言うことでもなかったな」

「⁇」

「まあこの後空いているようだったら飲みにでも誘おうかと思ってたんだが、そういうことなら俺は帰る。またな」

そう言って正臣は手を振りながら去って行った。

結局何が言いたかったのかな……？

そんな親友の様子に首を傾げつつ、啓介は駅へと向かったのだった。

3

花織ちゃんの高校は、啓介たちの家から電車で三十分ほどいったところにある共学校だ。

今年で創立五十年の歴史があり、公立でありながら進学実績も部活の成績も県内で上位クラスという、この辺りではそれなりに名の通った高校でもある。

ちなみに啓介の出身校でもあった。

「懐かしいな……」

五階建ての少し古びた校舎や、公立校にしては広めの校庭、ひさしのところにツバメの巣がある体育館などはほとんど変わっていなかった。

花織ちゃんが登って降りられなくなった中庭の桜の木もまだそのままそこにある。

ほとんどのものが、記憶のまま。

だけど辺りを行き交う生徒たちの様子は、啓介が知る頃よりも少しばかり様変わりしていた。

「何だか昔よりもオシャレな生徒が多いような気がする……」

パッと周りを見てみても、どの生徒も雰囲気がある。

髪の毛の色が目を引くものだったり、制服をいい感じに着こなしていたり、立ち振る舞いに華があったり。

特に女子はその傾向が顕著だったけれど、男子も男子で明らかに啓介が通っていた時代よりも格好良い生徒が多く目についた。

「……」

花織ちゃんに悪い虫がついたらどうしよう……

真っ先に浮かんだのはそれだった。

かわいい子が多い女子生徒の中でも花織ちゃんはダントツにかわいいから、高校でも目立つに決まっている。だとしたらサバンナツェツェバエみたいな男子がわんさか群がってきてもぜんぜん不思議ではない。というかもしまたファンクラブでもできたら……

「花織ちゃんはどこだろ……」

考えていたら不安になってきたので、速やかに花織ちゃんを捜すことにする。

部活見学ということは、体育館か校庭のどちらかに行っているのだろう。

まずは体育館を見てみようとそちらに向かいながら啓介が歩いていると、ふと目の前にとあるものが見えた。

動くダンボールの山だった。

まさにそうとしか形容しようがない光景。

校舎と校舎をつなぐ渡り廊下を、ダンボールを抱えた一人の女子生徒がバランスの悪い案山子のようにフラフラと左右に揺れている。見るからに危ない。

「あのさ……」

思わず啓介が声をかけると、ダンボールの陰から頼りない声が聞こえてきた。

「は、はい……？」

「大丈夫？　よかったら手伝うよ」

「え……？」

「えっと、どう見ても一人じゃ大変そうだから」

「あ、え……？」

驚いたような声を上げる女子生徒をスルーして、啓介はダンボールの山の大半を手に取る。

中身はそれほど入っていないようで、見た目の割にはずいぶん楽に持ち上げることができた。

「す、すみません……って、え、あ、あの、あなたは……？」

スーツを着た啓介の姿を見て怪訝そうに見上げてくる。

まあ当然の反応と言えた。

「あ、うん、ちょっとここの生徒に知り合いがいて……。あといちおうOBなんだ」

「あ、そ、そうなんですね……」

どうやら納得してくれたようだった。

女子生徒は本条さんと名乗った。

花織ちゃんと同じく今日入学したばかりの一年生で、先生に頼まれて日本史の資料を社会科準備室まで運んでいる途中であったらしい。

「あ、じゃあ春野先輩は六年前に卒業されたんですね」

「うん、そう」

「だったら大先輩ですね。そんな方にこんなことをしてもらって……」

「そんないいものじゃないって。当時から担任の先生にもお前はクレステッドゲッコーの抜け殻みたいだって怒られてばっかりだったし。ただちょっと歳がいった置物みたいなものだって思ってくれればいいから」

「あはは……」

そんなことを話しながら歩いていると、あっという間に社会科準備室にたどり着いた。

「本当にありがとうございました……！　おかげで助かっちゃいました」

本条さんが深々と頭を下げてそう言ってくる。

「いいって。ぜんぜん大したことなかったし。あ、でも本条さんって確か一年生だって言ってたよね？」

「あ、はい、そうです」

「だったら花織ちゃん——菜々星さんって知らないかな？　ちょっと用があって捜してるんだけど……」

「え、菜々星さんですか？　ええと、同じクラスだと思います。珍しい名字だったから自己紹介の時に覚えていて……」

同じ一年生なので何か接点があったらいいなくらいの軽い気持ちで訊いてみたところ。

「そうなんだ？　だったらどこにいるかわかるかな？」

「あ、はい。たぶん体育館だと思います。何人かでバドミントン部を見学するって言っていたのが聞こえたので……」

「体育館か。あ、もしよかったらでいいんだけど、案内してくれると助かるかも。一人で行くと怪しまれるかもしれないから……」

「あ、もちろんです。どうぞ、こちらへ」

本条さんに促されて体育館へと向かう。

花織ちゃんはすぐに見つかった。

「ケイ兄⁉　え、な、何で……？」

他の女子生徒たちに囲まれながら、鳩が北海道産の高級大豆鉄砲を食らったような顔で目をぱちぱちとさせる花織ちゃんに、啓介は事情を説明した。

「――というわけで、ジャージを届けに来たんだ」

「え、あ、そ、そうなんだ……あ、ありがと」

「いいって。花織ちゃんが高校でどうしてるかも見たかったし」

そっちが本音ではない、決して。

「あ、えっと、本条さんだよね？　本条さんもありがとう。ケイ兄をここまで連れてきてくれたんだよね？」

「助けてもらった……？」

「あ、う、ううん。私はむしろ助けてもらっちゃった方だから……」

「う、うん、重い荷物を運ぶの手伝ってもらっちゃって……」

本条さんのその言葉に。

「……あー、ケイ兄はそういうことしそうだよね。虫も殺さないような顔でさらっと王子様ムーブをするっていうか、困ってる人を見たらほっとけない性格っていうか」

なぜか容疑者を見るような目でじろりと啓介のことを見上げてくる。

「えっと、何か悪いことしちゃったかな……」

「……悪くない。ていうか、すごくいい。そーいうところはケイ兄のいっぱいある長所の一つだから。でも……」

「でも？」

「……だけど……」

「だけど？」

「…………ううー、何でもない……」

「？」

小さくうめき声を上げながら頭を抱えて花織ちゃんがしゃがみこむ。

そのリアクションの意味がわからずに啓介が首をひねっていると。

「ねえねえねえ、菜々星さん、この人だれなの？」

「え……？」

周りにいた花織ちゃんと同じく一年生と思しき女子生徒たちが、興味津々な様子で集まってきた。

「ずいぶん仲いいみたいだけど菜々星さんの知り合い？」

「先生じゃないよね？　若いし」

「超かっこよくね？　あたしタイプ」

「あ、え、ええと、ケイ兄——こ、この人は、隣の家に住んでる昔からの知り合いで……」

「おお、それって幼なじみ？　いいないいなー！　こんな人が幼なじみなんて！」

「うんうん、マジうらやましいし」

「菜々星さんもすっごくかわいいし、お似合いだなー」

「そ、そんなんじゃ……」

花織ちゃんが顔の前でぶんぶんと手を振りながら頰を赤くする。

しばらくそんな感じに色々と質問をぶつけられた後、女子生徒たちは「じゃあ私たちはもういくね」「お邪魔しちゃ悪いし♪」「でもでも、あたしあのお兄さんのファンになっちゃった♪」などときゃっきゃっと楽しげな声を上げながら体育館を出ていった。

と、その後ろ姿を見ながら花織ちゃんが深々とため息を吐く。

「はー……これだからケイ兄が学校に来るのヤだったのに……。中学の時もそうだったし、またファンクラブでもできたら最悪だし……」

「？」

「……何でもない。ほんっと、自分のことには鈍感なんだから」

「⁇」

どうして少し怒った様子なのかはわからなかったけれど、頰をふくらませてむくれている花織ちゃんもかわいいなあ……と啓介が内心で思っていた、その時だった。

「おい、何をやってる！」

「？」

背後からマウンテンゴリラの雄叫びのように野太い声がかけられた。

4

振り返ってみると、そこにいたのはジャージ姿の中年の男だった。

背はそこまで高くない割にはやたらとごつい。

やけに威圧的な様子から、おそらく教師なのだろう。

サンダルを大きな音で鳴らしながら大股で近づいてくると、ジロリと花織ちゃんに目をやった。

「——おい、そこのお前」

「？　私ですか？」

「そうだ。その髪の色はなんだ？　明るすぎる。校則違反だろう」

「え？　いえ、これは地毛で……」

花織ちゃんが目を瞬かせる。

「地毛でも何でも同じことだ。明日までに染めてこい。いいな？」

「そう言われても証明書を提出していますし……」

「そんなもの知るか！　俺がダメだと言ったらダメなんだ！」

傍で聞いていてもむちゃくちゃな論理だ。

これでも本当に教師なのか疑いたくなる。啓介が通っていた時にはこんなDQNな教師はいなかったはずなのだけれど……。

「あ、あの……この人、いちおうちゃんとした先生です。生活指導の武中先生っていって、最近赴任してきたってお姉ちゃんから聞きました。あ、お姉ちゃんはこの学校の三年生なんですけど……。それで、その、お姉ちゃんが言うには武中先生はすごく厳しいからあんまり関わらない方がいいって……」

「……」

啓介の疑問を察したのか、隣にいた本条さんがそう小さな声で伝えてきてくれた。

厳しいというのはおそらく彼女なりにだいぶ言葉を選んだ結果だろう。

「いいか、わかったな！　明日までに染めてこなかったら停学だ！　親にも連絡する」

「いえ、ですから……！」

とはいえ何であれ、花織ちゃんのピンチなら放っておくことなんてできるわけがない。

一歩前に出て、啓介は花織ちゃんとDQN教師との間に割って入った。

「あの、すみません」

「ケイ兄……！」

「ん、何だお前は？」

「あー、ええと、僕はこの学校のOBで、花織ちゃん――こちらの菜々星さんの知人です」

「ああん？　OBだあ？　何でそんなやつがここにいるんだ。部外者だろう。関係ないやつは黙ってろ――」

「関係なくはないです」

DQN教師の言葉を遮って、啓介は言った。

「花織ちゃんは僕にとって実質妹……いえ、妹以上の天使ですから！」

「は、はぁ……？」

DQN教師が何言ってんだこいつって顔になる。

「花織ちゃんとは子どもの頃からずっといっしょにいました。ほとんど家族と言っても過言ではない関係です。だから彼女のことなら何でも知っています。彼女の髪は昔からこのきれいで透き通っていて思わず見とれてしまうような茶色でした。間違いありません」

「ちょ、ケイ兄、ま、またそーいうことを……！」

「はっ、そんなもの口ではいくらでも言えるだろう。証拠はあるのか、証拠は」

見下したような口調でそう言ってくる。

どう見ても証拠など出てこないと確信している態度だ。

だけどあいにく、花織ちゃんのことに関しては啓介には一分の抜かりもなかった。

「証拠ならあります」

「あん？」

「これです。見てください」

そう言って、スマホに保存されていた『マイエンジェル☆花織ちゃん』フォルダの一つを表示させる。

「これが花織ちゃんの中学生の頃の写真です」

「は？」

「こっちが小学生の頃、こっちが幼稚園、こっちが出会ってすぐの頃のものです」

「あ……？」

「どうです。今と髪の色はまったく変わらないでしょう。透き通るようにサラサラでシルクみたいで……ほら、きれいな天使の輪ができています。花織ちゃんはちっちゃな頃から天使なんです」

「ケ、ケイ兄！」

「な、何を言ってる？　何だお前は……！」

DQN教師のその問いに。

「――花織ちゃんのお兄ちゃんです！」

魂を込めてそう断言した。

「お、おに……？」

「ちょっ、ケ、ケイ兄、その言い方は誤解を生むでしょ……！　そ、それは、私もケイ兄のことはお兄ちゃんみたいだって思ってるけど、で、でもそれだけじゃなくて……はっ、て、ていうか、なんでそんな写真持ってるの……！」

「？　花織ちゃんの写真はいつだって肌身離さず携帯してるけど？」

「そ、そういうことじゃない……あっ、こ、これ隠し撮りじゃないの？　私、撮られた覚えない……！」

「いやチャンスがあったらいつでも撮ってって、昔、花織ちゃんが言ってたから……」

「そ、そんなこと言った……？　あ、で、でも言われてみれば言ったような……うわぁ、昔の私のバカ……」

花織ちゃんが顔を赤くしながら頭を振る。

そんな花織ちゃんを横目に、啓介はＤＱＮ教師に向き直った。

「とにかくそういうことですから。問題はないはずです」

「え？　あ、い、いや、問題はあるだろうが！　お、お兄ちゃんだか何だか知らないが、生徒でも保護者でもないやつが学校内のことに口を出すな！」

なおもそう食い下がってくる。

うーん、仕方ない。

できることなら穏便にすませたかったけれど、引いてくれないのならば啓介としても次の手段に出なければならない。

啓介は言った。

「わかりました。これ以上議論を続ける気なら第三者を交えましょう」

「っ、なんだと……？」

「確か佐藤先生がまだ在籍されていたはずですよね？　呼んできてください」

「な、なに？　佐藤先生ってあの学年主任の……？　お前、佐藤先生を知っているのか……？」

「はい。生徒だった時の担任でしたから。あの人なら花織ちゃんのことも知ってるはずです」

「ぐっ……」

その提案にDQN教師が黙り込む。

写楽くんの匂いをかぎながらご飯三杯おかわりできると豪語していたヤモリ好きの佐藤先生は、六年経ってけっこう偉くなっているようだった。

ＤＱＮ教師はしばらくの間苦虫を百匹くらいかみつぶしたような表情をしていたが、やがて。

「きょ、今日のところはこれくらいにしておいてやる……」

と口にしながら逃げるように去っていった。

「ふぅ……何とかなったかな」

ほっと息を吐く。

ひとまず大事にならなくてよかった。

とはいえ少ししつこそうな感じだったから、後で佐藤先生に一報入れておいた方がいいかもしれない。

ＤＱＮ教師が体育館を出て行くのを確認しつつ啓介がそう考えていると。

「……ありがとう、ケイ兄」

スーツの裾をちょこんとつかんで、花織ちゃんがそう言ってきた。

「……また助けてもらっちゃった……その、助け方はちょっとあれだったけど、うれしかった……ケイ兄って、ほんと大人だね……」

「ん、そうかな？」

「……うん。困ったこととか助けてほしいこととかがあると、昔も今もこうやってすぐに王子様みたいに私のことを守ってくれる。ほら、ケイ兄の入学式の日に私が桜の木から落ちちゃった時とかも。わたし……昔からそーいうケイ兄のこと、その……」

「？」

「……すっごく……す……」

「す？」

「……す……すす……」

「??」

「……っ……す、ス●イダーマンみたいだって思ってた……」

何かに負けたような表情で、花織ちゃんがそう力なく口にした。

それ、粘着質だってことを暗に言われているわけじゃないよね……？

「あ、も、もー、そ、それはいいんだって……！　今言うことじゃないっていうか……！」

「……」

「と、とにかくありがと！　すっごく感謝してる……！」

「……」

「……でも……」

と、そこで花織ちゃんは言葉を止めて。

「……ケイ兄を大人に感じるってことは、それだけ歳の差があるってことなんだよね……」

「？」

「……んーん、何でもない」

ぽつりとつぶやいて、ふるふると首を振る。

「よくわからないけど……もし困ったことがあったらいつでも何でも相談して。花織ちゃんは世界で一番大事な妹で、僕はその花織ちゃんを守るお兄ちゃんなんだから」

花織ちゃんの頭にポンポンと手をやりながらそう口にする。

花織ちゃんに何かあったら、他の全てのことを投げ打ってでも駆けつける。

花織ちゃんの唯一無二で絶対のお兄ちゃんとしての役割を全身全霊で全うする。

それは今も昔も変わらない。啓介の絶対に譲ることのできないポリシーだ。

「……はあ、ほんとそーいうとこ、なんだよね……」

「??」

「……いいの。これは私ががんばってどーにかしないといけないことなんだから。ケイ兄は待っててくれればいいから」

顔を上げながら、どこか自分に言い聞かせるかのようにそう口にする。

啓介には花織ちゃんが何を言いたいのかはよくわからなかった。

「え、ええと……私はどうしたらいいんだろう……」

そんな二人の傍らで、本条さんが一人困ったようにきょろきょろと顔を動かしていたのだった。

5

「——それじゃあ色々あったけど、今日は帰ろうか？」

「ん……そうだね」

本条さんにお礼を言って別れた後、持ってきたジャージに着替えて少しだけバドミントン部の練習を見学をし終えた花織ちゃんと、校門のところで合流する。

日はすっかり暮れていて、辺りには真っ暗な夜の帳が下りていた。

「ごめんね、ケイ兄。こんな時間まで待ってもらっちゃって」

「いいって。花織ちゃんといっしょに帰れるなら待ってるのも楽しみのうちだから」

「も、もー、またそういうこと……でも、ありがと」

少しだけ顔をうつむかせながらそう口にする。

今言った通り、花織ちゃんを待っていることはいついかなる場面でも啓介にはまったく苦にならない。何なら毎日迎えにいってもいいくらいだ。

そのことを伝えると。

「そ、それはやめて……！」

「え、意外といい提案だと思ったのに。花織ちゃんはイヤ？」

「い、いやではないけど、糖分過多で死んじゃいそう……」

「糖分……？」

何でここで甘味成分が出てくるんだろうか？

お前は色々と脇が甘いんだと遠まわしに言われているとか……じゃないよね？

「ま——まあそれはそれとしても、僕は花織ちゃんとこれからもいっしょにいるからさ」

「え？」

「ほら、やっぱりお兄ちゃんとして、何かあった時にはいつでも妹の花織ちゃんを守れるように目の届く範囲にいなきゃって思うから。今も、昔も、これから先もずっとね」

「……ずっと……」

「うん、そうだよ」

「……」

「？」

「あのさ、ケイ兄」

「ん？」

「約束……覚えてる、かな」

「？　ん、何か言った？」

「……んーん、何でもない」

小さく首を振って、それからすぐに花織ちゃんは顔を上げた。

「あ、それよりさ、ケイ兄、日曜日って ヒマ？」

「日曜日？　うん、特に何もなかったと思うけど」

「そっか。あのさ、だったらいっしょに出かけない？」

「ん、それってもしかしてデート？」

「デ……っ……そ、そんなんじゃないから！　た、ただ、招待チケットをもらったから、ムダにするのももったいないから、ケイ兄と行ければなって……！」

「それをデートって言うんじゃ……？」

「ち、違うよ、ただのお出かけ……！　い、いいから、行くの？　行かないの？」

「え、もちろん行くよ」

花織ちゃんからの誘いであるのならば、父親を質に入れてでも最優先で行くに決まっている。

「も、もう、最初からそれだけ答えてくれればいいの。じゃあ決まり。約束だよ」

「うん、了解」

指切りをしてくる花織ちゃんに笑顔でうなずき返す。

「そういえば出かけるって、どこに行くの？」

啓介のその質問に。

少しだけ気恥ずかしそうな顔をして、花織ちゃんはこう言ったのだった。

「ほら、あそこ。昔、ケイ兄といっしょに行ったあの遊園地だよ」

EXTRA
SCENE

『ある思い出』

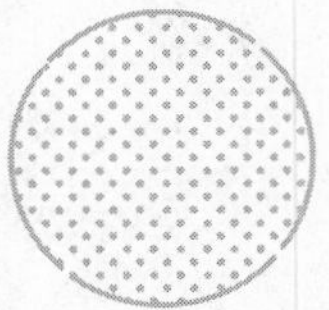

☆幼なじみ1382日目（啓介14歳・花織5歳）

＊

遊園地。

その言葉から浮かぶ思い出は、いつだって一つだ。

あれは私がまだ小学校に上がっていなかった時のことだったと思う。

まだまだ子供だった私にとって、遊園地はとても広くてとても魅力的な場所だった。

メリーゴーランドがあって、お化け屋敷があって、たくさんのマスコットキャラクターたちがいて、ジェットコースターがあって、憧れの観覧車があって。

非日常をそのまま体現した、まるで夢のような場所。

そんな場所で……私は迷子になってしまった。

初めての遊園地で浮かれていたので、しょうがなかったとは思う。

気がついたら周りに見慣れた顔はひとつもなくて、知らない人たちばかりに囲まれていた。

胸の奥がきゅっとなった。

世界に一人だけ取り残されたような気分で、心細くて、さみしくて、泣きそうになってしまった。

だからだと思う。

メリーゴーランドの前であの人が現れた時、思わず泣きながら抱きついてしまったのは。

『花織ちゃん……！』

あの瞬間は、今でもはっきりと思い出すことができる。

きっと懸命に捜してくれたのだろう。肩で息をしながら、汗だくのまま走り寄ってきてくれたあの人の姿。

それがまるで——王子様みたいに見えた。

たぶんあの時から……ううん、その前に約束をした時から、私にとってあの人はずっと特別なんだと思う。

私が泣いている時には、助けを求めている時には、いつだってさっそうと現れて守ってくれる人。

私の心の……唯一無二な位置にいる人。

その想いは、あれからどれだけ年月が経ってもまったく変わらない……ううん、むしろ前よりも強くなっている。

SCENE

2

『花織ちゃんとデートと観覧車①』

Tenshi na OSANA-NAJIMI
tachito sugosu 10000nichi no
hanayomedays

SCENE2――①

☆幼なじみ4525日目（啓介23歳・花織15歳）

1

日曜日は朝から快晴だった。

見上げた空には雲一つなく、抜けるような青い色が広がっている。

春の陽気が気持ちいい、ポカポカとした日。

「うん……晴れてよかった」

窓から外を眺めながら啓介がそう口にする。

今日は花織ちゃんとデートをする日だ。

昔はよく休みの度にどこかしらに外出していたりしていたものの、ここ一年くらいは花織ちゃんの受験や啓介の就職活動などで忙しかったため、そういった機会がめっきり少なくなってしまっていた。

なのでずいぶんとひさしぶりの二人だけでのお出かけだ。

そう思うと、自然と頬のあたりが緩んできてしまう。

まかり間違っても遅刻などはするわけにはいかないため、約束の三時間前であるこの時間に啓介は起きたのだった。

ちなみに待ち合わせ場所は、現地だった。

家は隣同士なのだからいっしょに行けばいいんじゃ……と思ったものの、花織ちゃんが「こーいうのは待ち合わせからイベントの一つみたいなものなの。もー、ケイ兄、意外とそういうのわかってないんだから」と強く主張したことから、現地待ち合わせとなったのだ。

「そろそろ出ようかな……」

早めに近くまで行って、カフェで朝ご飯でも食べていよう。

そう決めて家を出る。

今日一日を過ごすことになるだろう遊園地は、最寄り駅から電車で十五分ほどの距離にあった。

都心に位置しながら、大きな観覧車やジェットコースターまである、なかなかの規模の遊園地。

この辺りでは比較的有名な観光スポットで、まだ花織ちゃんが小さかった頃にも穂波さんたちといっしょに何度か行ったこともあった。

ひとまず待ち合わせ場所を確認して、近くにあったカフェに入る。

注文したホットドッグとカフェラテ（なぜかカップにかわいらしいイラストとともにＲＩＮ

EのIDが書かれていた）を口にしながらスマホの『マイエンジェル☆花織ちゃん㉝』のフォルダを整理していると、すぐに待ち合わせの時間がやってきた。

トレイを片付けて、カフェを出て待ち合わせ場所である遊園地の入り口へと向かう。

啓介が到着して顔を上げるのとほぼ同時に。

神様が地上に気まぐれで誕生させてしまったかわいいの化身である、小さな大天使こと花織ちゃんはやって来た。


「――お、お待たせ」


啓介の姿を目に留めると、少しびっくりしたような表情を浮かべながら小走りで花織ちゃんは近づいてきた。

「え、ケイ兄……早いね。あ、も、もしかして私、時間を間違えてたとか？」

「ううん、大丈夫。楽しみすぎて僕が早く来すぎただけだから」

「そ、そうなの？　でも待たせちゃったのには変わりないよね……うう、どの服にしようか迷ってたらぎりぎりになっちゃった……」

そう言ってうなだれる花織ちゃんは、今日は春らしく淡い色合いを基調とした服装だった。

ボーダーのカットソー、デニムのロングワンピース、厚底ローファー。

背後から光が射してきそうなその姿が思わず五体投地して拝んでしまいそうなくらいにかわいいのはもう今さら言うまでもないとして、服装が何となくいつもと違う傾向のものであるせいか、心持ち普段よりも大人っぽく見える。

「ケイ兄……？」

「え……？」

「えっと……私、ヘンじゃないかな……？　おろしたての服だから……」

「あ、いや、すごく似合ってる。かわいいよ」

「……っ……」

啓介の言葉に、花織ちゃんがぱあっと表情を輝かせる。

小学生の頃みたいなブンブンと振っているシッポが見えそうな喜びの感情。

だけどすぐに少しだけ複雑そうな面持ちになった。

「うれしい……うれしいけど、かわいい……か」

「？」

「ケイ兄から見たらまだまだそういう保護者目線の対象ってことだよね。こ、こーいう時にきれいって言わせるくらいもっと大人っぽくならないと……」

小さく何かをつぶやきながら意気込むようにぐっと手を握りしめる。

何を言っていたのかは雑踏のざわめきに紛れてよく聞こえなかったけれど、そんな風に何かにふんふんしている花織ちゃんの姿もまた新鮮でかわいいことこの上なかったので、啓介としては良しだった。

「それじゃあ行こうか？　あ、カバン、持つよ」

「え？　あ——ありがと」

花織ちゃんのカバンを手にして。

二人で園内に足を踏み入れたのだった。

2

遊園地は午前中にしてはそれなりに混んでいた。

天気がよくて暖かい日曜日ということもあり、啓介たちと同じようにどこかに出かけようと考えた者たちがたくさんいるのだろう。

こういう場所では定番の学生やカップルや女の子たちのグループ、さらには親子連れや孫を連れたおじいちゃんおばあちゃんたちなど、様々な種類の人の姿が見られる。

「さっ、回ってこっか。ケイ兄はどれから乗りたいとかある？」

「うーん、特にはないから、花織ちゃんの行きたいところに行こう」

「いいの？　えっと、それじゃあねぇ……」

そんなことを話しながら園内を進んでいく。

人が多いことから、時折ぶつかりそうになるのを避けながら歩いていかないとならないのは、休日に出かけている以上もうしかたがないとして。

「……」

さっきから気になることがあった。

人混みを通り過ぎる度に周囲から飛んでくる無遠慮な視線。

その先は……もちろん花織ちゃんだ。

視線を送ってくるのは主に男子高校生や男子大学生らしきグループ。

中にはあからさまに振り返って二度見をする不届き者もいる。

それは、花織ちゃんはかわいいから、人が多いところに行けばこういう新鮮な生肉につられたゾンビみたいな輩が雨後のタケノコのように大量にわいてくるのは必然とはいえ……お兄ちゃんとして啓介は色々と心配で仕方がない。

なるべく男たちの視線にさらされないように壁になって遮っていると、花織ちゃんが怪訝そうな顔で見上げてきた。

「……？　何やってるの、ケイ兄？」

「え、その」

「？」

「今日は日差しが強いから少しでも日光を遮ろうとして……とかじゃなくて」

「⁇」

「……さっきから花織ちゃんがかわいくてやたらと見てくる人たちがいるから、ちょっと気になって……」

「え……？　私が……？」

　その啓介の返答に花織ちゃんが目をぱちぱちとさせる。

「……うん。ずいぶん見られてた。ざっと数えただけで十八人はいた」

「そ、そんなに⁉　ていうか数えてたの⁉」

「たぶんちゃんとカウントすればもっといたと思う。だからなるべくどうにかできればって思ったんだけど……」

「そ、そうなんだ……」

「でもあんまり構いすぎるのはうっとうしいよね……うう、わかってはいるんだけど……」

　最近お前は過保護だ過干渉だストーカーみたいでちょっと引くなどと色々なところ（正臣とか舞花とか舞花とか舞花とか）から言われているので、啓介としてもあまりうるさくならないように心がけてはいたのだけれど……

「あ、えと、うっとうしいとか、そ、そんなこと……ない、けど……」

花織(かおり)ちゃんが啓介(けいすけ)を見上げて小さく首を振った。

「や、やり方はもう少し考えてくれるとって思うけど、守ろうとしてくれてるのはうれしいっていうか……で、でも、私ももう子どもじゃないんだし、それくらいだいじょうぶだし……」

「……」

「ていうか、そもそも、むしろケイ兄の方が見られてて……」

「……？」

「……あ、う、ううん、何でもない！」

そこで花織(かおり)ちゃんは首を振ると。

「あのさ、ケイ兄。ケイ兄の気持ちはうれしいし、そういう視線とかが気になるのはわかるけど……それぱっか気にしてたら楽しめないよ。せっかく二人で出かけてるんだし、そんなのに時間使ってたらもったいないっていうか。だから今日はもうそういうの全部気にしないことにしよ？」

「でも……」

「でもとか合鴨(あいがも)とかはなし。いーい？」

「……う、わかった……」

まだ引っかかるところはありながらも、花織(かおり)ちゃんにそう言われてしまっては啓介(けいすけ)に反論の余地はない。

「うん、わかってくれたのならいいのです♪」

少しだけ芝居がかった仕草でにっこりと笑う花織ちゃん。

その満足そうな笑顔はどこかあどけないもので、子どもの頃の無邪気な彼女の姿を思い出させた。

「それじゃまずはジェットコースターから乗ろ。やっぱり遊園地ときたら絶叫系は外せないよね。ほら、こっちこっちー！」

「あ、ま、待ってって」

走り出した花織ちゃんに手を引かれて、啓介は慌てて足を動かしたのだった。

「ふふ、楽しかったねー」

ジェットコースターを乗り終えて、花織ちゃんが声を弾ませてそう笑った。

「やっぱり絶叫系はいいよねー。乗るだけですっきりするっていうか。建物の間をすり抜けるところがすっごいドキドキだったー。あと三回くらい乗りたいかも」

「……そう、だね……」

「？　あれ、ケイ兄、けっこうダメな感じ？」

「……あ、いや……」

実はけっこうフラフラになっていたりもする。

「そうなんだ？　こーいうのは向き不向きがあるからダメならムリしない方がいいよ。……ん？　でも昔来た時はぜんぜんそんなことなかったような……」

「……あー、うん、あの時は……」

無邪気にお兄ちゃんを尊敬してくれていた花織ちゃんの前で頼りない姿は見せられなかったから、がんばって平静を保っていただけだったとはなかなか言いづらい。

とはいえ啓介の様子から察したのか花織ちゃんは小さく笑って。

「ふふ、そっか、そうだったんだ。かわいー。ケイ兄の意外な弱点を見つけちゃったかも」

「う、あんまりこんなところは見せたくなかったんだけど……」

「えー、何で？　いいことだと思うよ。だってケイ兄は普段からあんまり隙がないから、意外な一面っていうか、少しくらい弱点があった方が身近に思えるのかな」

なぜか少しうれしそうに見上げてくる。

「そういうものなの？」

「うん、そういうものだよ」

楽しげに笑う。

うーん、よくわからない。

お兄ちゃんとしてはできれば隠しておきたかった姿なのだけれど……

と、そこで思い当たる。

「あ、でもそうか。意外な一面と言えば、あの時、花織ちゃんも確かお化け屋敷で……」

「！」

「地獄の回し車から出てきたハムスター男に驚いて真っ青になったまま完全にフリーズしちゃった……」

「わ、わぁ、そ、それはいいって！　ケイ兄……！」

花織ちゃんが声を上げながら口をふさごうとしてくる。

「え、でも怖いものなしかと思ってた花織ちゃんの反応が意外で、かわいいと思ったんだけど……」

「だ、だからあれは……！　……うう……」

顔を赤くしながらもにょもにょと口ごもる。

それも花織ちゃんが言うところの身近に感じられる要素だと思うのだけれど……

「そ、それはそれでこれはこれっていうか……と、とにかくその話はもうおしまい！　ここまで！　――あ、ね、ねえねえケイ兄、クレープ買っていい？」

と、ちょうど目の前にあったクレープショップを指さして花織ちゃんが言った。

「え？　ん、いいよ。ちょうどお腹も空いたし」

「やった。――すみませーん、えっと……ストロベリー味をください」

そう注文する花織ちゃんに続いて、啓介もチョコミント味を注文する。

大学生くらいだろう女性の店員さんは、慣れた手つきでクレープを二つ用意してくれた。

「はい、こちらになります」

「ありがとうございます」

「わ、おいしそー」

代金を払ってクレープを受け取ろうとして。

「お二人ともカップルですか？　いいですねー」

笑顔とともに店員さんからそんな言葉を投げかけられた。

「！　え、あ……カ、カップルなんて、そんな……！」

花織ちゃんが慌てたように声を上げながら両手をぶんぶんと振る。

どうやら傍から見るとそういう風にも見えるらしい。

それ自体は些細な間違いだったけれど、いちおう誤解は解いておくべきだと思った。

「すみません、違うんです。花織ちゃんは僕の大切な妹なので」

その言葉に花織ちゃんの動きがピタリと止まる。

「……妹……」

「いつまでも一番近くで大切に見守っていたい相手というか……。おっしゃる通り仲はいいですが、まったくそういう関係ではないんです」

「あ、そうなんですね。ごめんなさい、すっごくお似合いだから間違えちゃいました。仲の良い兄妹もうらやましいです」

そう言って笑う店員さんに会釈をして、お店から離れる。

少しばかり勘違いはされていたけれど、仲が良いと見られているのは啓介にとってこの上なくうれしいことだった。

「……」

ただどうしてか、隣の花織ちゃんは少し不機嫌そうに口をとがらせていた。

「花織ちゃん……？」

「……」

「どうかした？」

「……」

「えっと……」

「……どうせ私は妹ですよーだ」

「？」

小声で何かを言ったようだが、内容まではよく聞こえなかった。

「……何でもない。見守らないといけないかわいい妹なんだから、ケイ兄のそれ、ひとくちちょうだい」

「え？」

「えいっ」

ぱくっ。

そんなかわいらしい擬音が聞こえてきそうな動きとともに、花織ちゃんは背伸びをすると横から啓介のクレープをひとかじりした。

「あ、おいしー。チョコチップが入ってるんだね」

「……」

「うん、ストロベリーも鉄板でおいしいけど、こっちも大人っぽくていいね。今度はこっちにしてみようかな。あ、ケイ兄も私の食べる？」

「え、あ、うん、もらえるかな」

「はい、どうぞ」

差し出されてきたクレープに口をつける。

イチゴの果肉が入った大きめのカロリーの塊はとても甘く、少しだけ酸っぱさも感じられた。

「……はー、やっぱ妹か。わかってた、わかってたけどさ……まずはそのへんの認識を根本的に修正してもらわないとどうにもならないってことだよね。……うー、がんばるんだから」

花織ちゃんがチビチビとクレープを食べながら、小さくそうつぶやいていたのだった。

3

その後も二人で園内を色々と回った。

飲み物を賭けてガンシューティングをやって花織ちゃんに完敗したり、バイキング船に乗ってまたフラフラになったところを花織ちゃんに笑われたり、クレーンゲームでぬいぐるみを取った後にいっしょにプリクラを撮ったり。

久々の花織ちゃんと二人の時間はあっという間で、気づいたら三時間近くが経っていた。

「はー、回ったねー。もうへとへとだよー。足が棒みたい」

「そうだね、ちょっと休憩しようか？」

「うん、そうしよ」

近くにあったベンチに二人並んで腰を下ろす。

途中で買った飲み物を口にしながら、最近あった他愛もない日常の出来事を話し合う。

「それでね、本条さんがその時に手を挙げてクラス委員に立候補したんだー」

「へぇ、意外だね。おとなしそうに見えたのに」

「だよねー。でも普段は見た目通りすっごく穏やかで優しいの。本条さんとはいい友だちになれそう」

「そっか、よかったね」

「うん！」

それは本当にとりとめのない普通の会話だったけれど、相手が花織ちゃんというだけで話に花が咲くのが止まらないのだった。

「あ、そうだ。ねえねえケイ兄、そういえばこの前学校でびっくりすることがあったんだよ！」

と、花織ちゃんが少し興奮したような表情でそう言った。

「びっくりすること？」

啓介のその言葉に、花織ちゃんが大きくうなずく。

「うん、そう。あのさ、ケイ兄は、ケイ兄の高校の入学式の時のこと、覚えてる？」

「もちろん。あの日は花織ちゃんが放送室に乗りこんで大暴れして……」

「わ、わー！　そ、それはそうなんだけど、そこじゃなくて……ほ、ほら、その後、木から落ちたところをケイ兄に助けてもらったよね。ネコちゃんといっしょに」

あせあせと取り繕うように花織ちゃんがそう付け加える。

「あ、うん、そうだったね」

「実はね、ちょっと前に、その時のネコちゃんと再会できたんだよ」

「え、本当？」

「うん。あの子、あれからもずっと校内で暮らしてたみたいで、この前体育館の裏でたまたま見つけたの。あの子もこっちのこと覚えてくれてたみたいで、いっぱい撫でさせてくれたんだー。今は本条さんといっしょに時々会いに行ってるんだよ」

「へー、そうなんだ」

あの時のネコのことはよく覚えている。

花織ちゃんの腕の中でか細く鳴いていた真っ白な仔猫。

啓介が在学中にそういえば何度か似たようなネコを見たような覚えもあったけれど、まさか本人（本猫？）とは思わなかった。

「今度ケイ兄も会いに来てよ。あの子も喜ぶと思うから」

「え、いいの？」

「もちろん！　……あ、平日は色々とアレだから、土日とかに」

何かを思い出したかのように少しだけ複雑そうな顔でそう付け加える。

どの道平日は啓介も仕事があるためその方が都合がよかった。

「それじゃあさっそく来週にでも……あ、待って、その日はダメだ」

「？　用事でもあるの？」

「用事っていうか、ほら……来週は和花菜さんの家に行く日だから」

その言葉に、花織ちゃんが納得したような表情になる。

「あー、そっか。〝和花菜さん参り〟の日だっけ」

「うん」

「だったらしょうがないか。じゃあその次は？　再来週」

「それなら大丈夫」

「じゃあ決まり。約束だよ。はい、指切り」

うれしそうに笑う花織ちゃんと指切りをする。

約束という言葉を、花織ちゃんは昔からとても大事にしていた。

「それじゃあこれからどうしよっか？　花織ちゃん、もう一回乗りたいのとかある？　……ジェットコースター以外で」

「あはは、そうだねー、それじゃあここはあえて追いコースターで……」

「え？　あ、う、うん……」

「……っていうのは冗談で、気になってたアトラクションはほとんど回れたし、もう満足だよ。あとは観覧車に乗っておしまいにしよっかなー」

どうやら気を遣ってくれたようだった。

こういうところも本当に天使だなぁ……

「了解。あ、じゃあその前にゴミを捨ててくる。ちょっと待ってて」

「うん、ありがと」

花織ちゃんから紙コップを受け取って、ゴミ箱を探す。

ゴミ箱はベンチからけっこう離れた場所にあったため、手早くコップを捨てて踵を返す。

観覧車を乗り終えたらどこかで夕飯でも食べてから帰ろうと近くにある良さそうなお店をスマホで検索しながらベンチへと戻ると……

するとそこでは。

「だ、だから、いっしょに来てる人がいるって言ってるでしょ」

「えー、そんなのどこにもいないじゃん。お姉さんの想像？」

「それヤバ。ほら、いいから僕たちといっしょに行こうって」

「近くにいい爬虫類カフェがあるからさ」

「ちょ、ちょっと、触らないで」

困り顔を浮かべる花織ちゃんに、高校生くらいだろう三人組が飢えたピラニアのごとく群がっていた。


うっかりしていた。

花織ちゃんと出かける際に……彼女のことを一人にしてしまうとこれがあった。

昔から何度も見慣れた光景。

明らかなナンパだった。

「ほら、とりあえず来てくれればそれでいいから」

「エスコートはオレたちに任せて」

「絶対楽しいって。後悔させないよ？」

「も、もうこの時点で声かけられて反応したことを後悔してるから！」

とにかく、一刻も早く花織ちゃんを貪欲なピラニアどもの毒牙から救出しなければならない。

競走馬のように鼻息を荒くして、啓介は男たちに近づいた。

「あのさ、ちょっと」

「あん、何お前？」

「なんか用？」

「オレたち今この子と話してるんだから割りこんでこないでよ」

案の定、男たちはうっとうしそうな目でそんなことを言ってくる。

その完全に邪魔者を見るような視線を真っ正面から受け止めて。

「用っていうか、僕はその子のお兄ちゃんだから――」

啓介がそう言いかけたところで。

「もー、ケイスケ、遅いんだから。すっごい待ったんだからね！」

「え？」

そう声を上げて、花織ちゃんが走り寄ってきた。

「今日は付き合って一年の記念日だから、観覧車のてっぺんでお祝いしようって言ってたじゃん。早く乗らないと夜景の一番きれいなところを見逃しちゃうよ」

「ええと……」

「ほら、早く早く、ケイスケ」

ぱちぱちとウインクをしながらそう言ってくる。

なるほど、そういう設定なのか。

つまりは恋人同士の振りをしてナンパピラニアどもを振り払おうという作戦。今までこういう場面では兄妹だと言って対処することが多かったが、基本的に二人は似ていないため色々と怪しまれることもあった。

それを考えると、確かにこれは有効なのかもしれない。

「え、ホントに連れがいたの……？」

「ナンパ除けに適当言ってるだけかと思ってた」

「けどなんかおっさんじゃね？　パパ活とかじゃないのか」

男たちが怪訝(けげん)な目で見てくる。

くっ、それは高校生から見ればおっさんに見えるかもしれないけど啓介(けいすけ)はまだ二十三だっていうのに……

反論したい気持ちをかみ殺しつつ、付き合って一周年の彼氏設定で花織(かおり)ちゃんに話しかける。

「あー、ごめんね、待たせて。記念に渡すプレゼントを用意してたんだ」

「わ、うれしい。何くれるの？」

「それは頂上に着いてのお楽しみ。でも花織(かおり)ちゃんもきっと気に入ってくれると思う。じゃあ行こうか」

そう言ってそそくさとその場を離れようとする。

さすがに男たちもそれ以上は何かしようとはしてこないものの……

「やっぱなんか怪しいんだよな」

「やり取りが不自然っつーかぎこちないっつーか、通報しとくか……？」

「あとあのおっさん、おっさんなのにムダにイケメンすぎて気持ち悪いんだよな……」

そんな悪口初めて言われたよ……！

心の底から文句を言いたい衝動に駆られるも、男たちはいまだに怪訝(けげん)そうな目で啓介(けいすけ)たちを見てきている。

それをに気づいた花織ちゃんが小声で言った。

(ほら、まだ見てる。ちょっと疑ってるみたいだから、もっと付き合ってるっぽくしないと……)

(付き合ってるっぽくって?)

(え? うーん、もうちょっと距離を近くするとか……)

(距離か……ん、わかった)

啓介はうなずき返すと、すぐ目の前にあった花織ちゃんの手をぎゅっと握って、そのまま身体を近くに引き寄せた。

「ひゃん……っ……!」

「?」

「きゅ、急に手とか、は、反則……! そ、それに、ち、ちかっ、ちかい……!?」

(花織ちゃん……?)

(あ、だ、だいじょうぶ……ちょ、ちょっといきなりすぎてちょっとびっくりしちゃっただけだから……!)

(でも……)

(ほ、ほんとに私は平気。む、むしろもっとやんないとケイ兄が通報されちゃうよ……!)

(うっ、それは……)

（そ、そういうわけだから、このまま行こう！　どこまでも行こう！）

（花織ちゃん、手と足がいっしょに出てるけど……）

（こ、これは……そ、そういう歩き方なの！　古武術式で、健康にいいんだって！）

意味がわからない。

急にパニクり出した花織ちゃんの反応を謎に思いながらも、そういうものだと自分を納得させて、そのまま観覧車に乗り込む。

後ろからは「仲いいなあちくしょう！」「はあ、やっぱただの年の差カップルか……」「あーあ、オレもあんなかわいい彼女がほしいっつーの」みたいな声が聞こえてきたのだった。

4

「はぁあああああ………」

観覧車が地上から十メートルほど離れた辺りで。

隣に座っていた花織ちゃんが力が抜けたように大きく息を吐いた。

「ここまで来ればだいじょうぶかな……うう、ちょっと怖かったよ……」

少しだけ涙目になってそう漏らす花織ちゃんに。

「ごめんね、一人にさせちゃって……」

「ううん、そんな、ケイ兄は悪くないよ！　ゴミを捨てに行ってくれたし、すぐ助けようとしてくれてたもん。そ、それに、その……」

「？」

「守ってくれたケイ兄は……や、やっぱり……王子様みたいだった……」

そうは言っても花織ちゃんをイヤな目に遭わせてしまったのは啓介の失態だ。

花織ちゃんの唯一無二のお兄ちゃんを名乗る立場としてそこは素直に受け入れて、今後はこんなことがないように肝に銘じなければならない。

「とにかくもう二度とあんな肉食魚みたいなのを近づけさせないから……って、あ」

と、そこで気づいた。

花織ちゃんの顔がすごく近い。

ほとんど触れてしまいそうなほどの距離だ。

さっきからの流れのまま自然に花織ちゃんの隣に座っていたけれど、並んで座るのには観覧車の座席は少し狭いし、対面に移動した方がいいだろう。

「あ、ごめんね。今向こうの席に移るから――」

そう考えた啓介が立ち上がろうとして。

きゅっ……

ふいに、服の裾を小さくつかまれた。

「？」

つかんでいたのはもちろん花織ちゃんだ。

啓介を見上げながらぱくぱくと何か言いたげに口を動かしている。

「どうしたの、何かあった？」

「あ、そ、そうじゃないんだけど……え、えっと、せ、せっかくなんだし、もうちょっとだけこのままでもいいんじゃないかな、とか思ったり、思わなかったり……」

「え？」

「ほ、ほら、並んで座った方がおんなじ方向から景色が見られるし！　そ、それに、つ、付き合ってる設定っていうのもちょっと面白くない？　も、もっと冒険して……た、たとえば、ケ、ケ、ケイスケが、私の頭を撫でてくれるとか……」

「え、撫でてほしいの？」

「そ、そういうことじゃないよ……！　た、たとえで出しただけで……ぜ、ぜんぜん、ケイ兄のなでなでなんてほしくないいんだから……！」

「そっか。じゃあやめとくね」

「……あうぅ……」

その言葉になぜかしょんぼりとしてしまう。

うーん、これはもしかしてやってほしかったんだろうか。

仔犬が遊んでほしいんだけど言い出せずに遠くからちらちらと様子をうかがっている時と反応が似ているような気がする。

そういうことなら花織ちゃんの裏の心情まで読み取って望む行動をするのも……お兄ちゃんとしてのマストな役割だ。

心の中で大きくうなずいて再び花織ちゃんの隣に座り直すと、その天使の輪がそのまま映りこんだみたいな髪の毛を優しく撫でた。

「ぴぃ……っ……！」

花織ちゃんが小鳥みたいな声を上げた。

「あ、ごめん、やっぱりやめとく……？」

「ち、違うの！　これはほんとにやってくれるなんて思わなかったから心の中の小鳥ちゃんが力強く雄叫びを上げちゃっただけで……！」

「心の中の小鳥ちゃん……？　雄叫び……？」

「い、いいから、続けよ！」

ホントに大丈夫なのかと思いつつそのまま手をゆっくりと動かし続ける。

摩擦といったものからまるで無縁であるかのようなサラサラな髪の毛の感触。

至近距離といっていいほど近づいた花織ちゃんからは、ふんわりと優しく香りが漂ってくる。

柑橘系の甘やかな香りと、落ち着く日なたのような匂い。

それはどこか新鮮であって、同時にどこか懐かしいものでもあった。

しばらくお互いに黙ったまま、窓から見える夜景に視線を注ぐ。

「あ、そ、そうだ……ケイ兄はこの観覧車にある噂話、知ってる？」

と、花織ちゃんがふいにそう口を開いた。

「？　どんなの？」

「え、えっとね……乗ってる観覧車がてっぺんに昇るまでに、す、好きな人相手に告白ができて、そこから下におりるまでに返事をもらえたら……その二人はずっと幸せになれるんだって」

「へー」

そんな都市伝説みたいなものがあったんだ。

ぜんぜん知らなかった。

というか……そんなことを言ってくるということは、いつか花織ちゃんもだれかとそういうことをする未来を考えているのだろうかと、そんな想像をしてしまう。むむ、何だろう、この娘をお嫁に出す時のお父さんのようなモヤモヤとした胸の内は……

啓介が複雑な気持ちでいるその横で。

（うう、これだけ接近しても、それっぽい話をしても、やっぱりぜんぜん意識してくれない

（わ、私だってがんばってるのに……）

……）

（ケイ兄のバカ……）

（……やっぱり、私はどこまでいっても妹なんだよね……）

（……）

（……って、だめだめ！　そんなのわかってたことなんだから。い、今すぐじゃなくても、いつかは絶対にケイ兄に好きって伝えるんだから……！）

（そう、うん、高一の終わりくらいまでには……や、ちょっとそれはムリかな。えっと高二の最後……も、もう少しおまけして……高三、うん、高校生が終わるまで！）

（高校卒業までには……絶対に伝えてみせるんだから！）

「？　どうしたの、花織ちゃん」

「！　な、何でもない！」

「……？」

「あ、あのさ、ケイ兄……」

「なに？」

「ま、またいつか……いっしょにここに来ようね。そ、それで……二人で観覧車に乗ろ！　絶対乗ろ！」

「うん、そうだね」

「や、約束だからね……！　そ、そしたら、その時にはきっと……」

「？」

何かを決意するかのように隣の花織ちゃんがきゅっと手をグーに握りしめる。

観覧車が、その何かに呼応するかのようにゆらゆらと揺れているのだった。

EXTRA
SCENE

『約束』

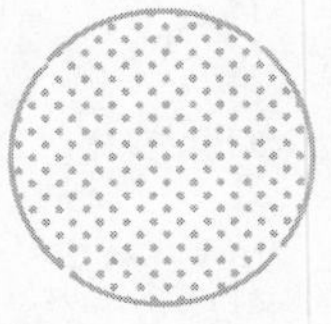

Tenshi na OSANA-NAJIMI
tachito sugosu 10000nichi no
hanayomedays

☆幼なじみ699日目（啓介13歳・花織4歳）

＊

静かだった。

真っ暗な闇に包まれた屋根の上で、花織ちゃんは一人ヒザを抱えてその間に顔を埋めていた。

「花織ちゃん……」

「……」

啓介が声をかけるも、返事はない。

うつむかせた顔を上げないまま、ただその小さな身体を震わせている。

そっと隣に腰を下ろす。

それでも花織ちゃんは黙ったままだった。

そのままどれくらい経っただろう。

「……けーすけおにーちゃんも……」

ぽつりと、花織ちゃんが口を開いた。

「けー、けーすけおにーちゃんも……いつかはどこかにいっちゃうの……？」

「え……？」

「いまはこうしてとなりにいてくれてても……きづいたらきゅうにいなくなって、花織はひとりになっちゃうのかな……？」

今にも消え入りそうな声だった。

いつもの咲き誇った向日葵のような明るさを微塵も感じさせない、暗く沈んだ声。

その問いかけに、啓介はハッキリとこう答えた。

「そんなことない……！」

「え……？」

「これから先、何があっても僕は花織ちゃんといっしょにいる。一番近くにいて、たくさん話をして、いっぱい遊んで、離れたりはしないから」

「そう……な、の……？」

「うん、絶対に」

「ぜったい……」

その言葉を反芻するように花織ちゃんは目を瞬かせて。

「それって……け、っ、こ、んってこと……？」

「え？」

「まえにおとーさんがいってた……だいすきなふたりがいっしょうぜったいにはなれないでいっしょにいるってやくそくすることをけっこんっていうんだって……だから、花織と、けーすけおにーちゃんがけっこんしてくれるってことなの……?」

真剣な訴えだった。

たぶん花織ちゃんは約束がほしかったのだと思う。

どんな時でも、何があっても、どこにいても、自分の前からいなくならないという約束が。

だから啓介はうなずき返した。

「うん、そうだね」

「あ……」

「僕は花織ちゃんのことが好きだし、ずっといっしょにいたいと思ってる。だから、もしもこのまま大きくなっても花織ちゃんの気持ちが同じだったら……」

「けーすけおにーちゃん……うん……っ……」

花織ちゃんが大きくうなずく。

それは真摯な約束だった。

幼いけれど、確かに二人の間で交わされた約束。

たとえそれが将来どうなるかわからない不確実なものでも、花織ちゃんにとって何らかの助けになってくれればいいと……啓介は心から願った。

SCENE 3

『〝和花菜さん参り〟』

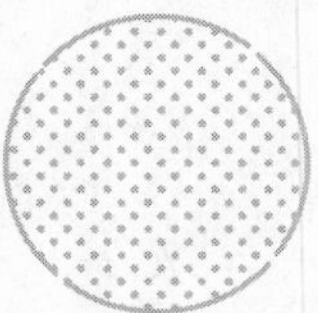

Tenshi na OSANA-NAJIMI
tachito sugosu 10000nichi no
hanayomedays

SCENE3―①

☆幼なじみ182日目（啓介10歳・和花菜18歳）

1

「父さんのアホ！　飼い慣らされた羊みたいな社畜！　アラフォー……！」

「ちょ、啓介、それは言い過ぎだろう！　あと父さんはまだ三十八歳だ……！」

「うるさい！　おっさんなのは同じだろ。マクラから洗ってない犬みたいな匂いがするんだよ……！」

「……あ、洗ってない犬……」

その日、啓介は父親とケンカをした。

ケンカというか、ほとんど一方的な糾弾。

気づいたら父親の加齢臭を指摘していて、そのまま啓介は衝動的に家を飛び出してしまっていた。

きっかけは些細なことだった。

父親がテレビのリモコンを定位置に戻さなかっただとか、ゴミの分別が適当だったとか、そんな理由だったと思う。

だけどそれを指摘した時に、「ハハ、細かいなあ。啓介はあれだ……窓枠のホコリを指でチェックする姑みたいだな。もっと大らかに生きないと」と返されて、啓介はカチンときてしまった。

普段ほとんど家にいないくせに、たまに帰ってきたかと思ったら言う台詞が、テレビに出てくる口うるさい姑みたいなそれだなんて。

気がつけばさっきの悪口を口走っていた。

確かに……加齢臭について指摘したのは言い過ぎだったかもしれない。

常日頃から父親がそのことを気にしているのを啓介は知っていた。

それでもカメムシみたいな匂いと言いたかったところを自制して洗っていない犬の匂いとしたのはほめてもらってもいいと思う。

だけど父親は打ちひしがれたようなとても哀しそうな顔をしていた。

「別にそこまで言うつもりはなかったのに……」

近所にある公園で足を止めて、そうつぶやく。

父親のことは嫌いではない。

というか感謝はしている。

仕事で家を空けることが多いだけで、生活費は問題なく入れてくれているし、その他のことについても可能な限りフォローしてくれている。

そもそも基本的な家事は啓介（けいすけ）が全て一人でできる上に、それでも足りないところは舞花（まいか）の両親が色々と世話を焼いてくれていることから、日々の生活では何も困ってはいない。

むしろ……恵まれている方だろう。

たまに帰ってきた父親が、さっきみたいにデリカシーのないことを言うことを除けば。

「……」

とりあえずしばらくは家に帰りたくなかった。

別にもう怒ってはいなかったが、父親と顔を合わせて無自覚にまたイラッとすることを言われてしまったら、今度こそカメムシの匂いだと言ってしまうかもしれない。

とはいえどこか行く当てがあるわけでもないのであって……

その時だった。

ふわりといい匂いがした。

カメムシの匂いなどとはかけ離れた、花のような果実のような、今まで触れたことのない魅力的な匂い。

「……？」

何かと思い啓介（けいすけ）が顔を上げると……

「どうしたの、こんなところに一人で？」

髪の長い女の人が立っていた。

啓介よりもだいぶ年上で、おそらく大学生くらいじゃないかと思う。

女の人は啓介の横にしゃがみこむと、小さく首を傾けた。

「もう暗くなっちゃうわよ？　小学生だよね。一人でいるのは危ないんじゃないかな」

透き通った声だった。

耳心地が良いソプラノで、流れる水のようにスルリと耳の奥に滑り込んでくる。

「あ、あの、僕は……」

何と答えていいのか啓介が言葉に詰まっていると、女の人は優しい表情でにっこりと笑った。

「うん、よし。じゃあひとまずお姉さんの家に来なさい。いっしょに甘いものでも食べよう」

「え、あ……」

「落ちこんでる時にはそれが一番なの。さ、行こう」

そのまま手を引かれて立ち上がる。

どうしてか、逆らうことができなかった。

2

向かった先は見覚えのある場所だった。

啓介の家の近所にある、少し古びた二階建ての一軒家。

「はい、着いた。ここだよ」

「ここって……」

だいぶ前からだれも住んでいない空き家だったような気がするのだけれど……

こんなところに連れてきてどうするつもりなんだろう。

言われるがままに緑色の亀のごとくノコノコと付いてきてしまった啓介も啓介だが、今さらながらに不安になる。

はっ、もしかして誘拐とか——

「きみ、春野さんのところの啓介くんでしょう？」

「え？」

「あ、まだちゃんと自己紹介してなかったわね。私は麻生和花菜。昔この家に住んでて、つい先月に戻ってきたんだけど……」

「この家に？」

「うん、十年くらい前かな」

言われてみれば記憶の片隅にうすぼんやりとだれかがこの家に住んでいたような覚えがある。

くわえて、ご近所で昔関西の方に引っ越してしまったけれど最近娘だけが戻ってきた家族がいるという話を、舞花のお母さんがしていたのを思い出した。

「だから遠慮しなくてだいじょうぶ。お家の人にもちゃんと連絡しておくから、心配しなくてもいいかな」

そういうことならひと安心だった。

少しだけほっとした心地になって（誘拐じゃなかった……）、促されるままに家の中へと入る。

玄関に足を踏み入れた途端、女の人――和花菜さんと同じ匂いがふわりと漂ってきた。

どうしてかドキリとする。

何かをごまかすように視線を廊下の方に向けると、そこには開けられていないダンボールがいくつか積み上げられていた。

「あ、これはまだ引っ越しの片付けが終わってなくて……。あはは、見苦しいところを見せちゃったかな」

少しだけ気まずそうに笑う和花菜さん。

そのまま居間へと通される。

「ちょっとそこで待っててね」

部屋の中央にあるソファに座らされて何となく辺りを見回していると、すぐに和花菜さんはお盆を手に戻ってきた。

「はい、どうぞ」

「これ……」

「ジャスミンティー。安らぐ花の香りがして、気持ちを落ち着かせてくれる作用があるから、今のきみにぴったりなんじゃないかな？」

「……おいしい……」

「でしょ？　お姉さんのお気に入りなんだから。さ、チーズケーキも食べて食べて。あったかい飲み物と甘いものは心にたまった澱を溶かしてくれる特効薬なの」

言われるがままチーズケーキを口に運ぶ。

和花菜さんのその言葉通り、ケーキを食べてお茶で喉を潤していると、それだけで胸の奥が温かくなってきて何かがほどけていくような感じがした。

啓介がチーズケーキを半分ほど食べ終わったところで、和花菜さんが訊いてきた。

「さ、それで何があったのかな？　お姉さんに教えてくれる？」

「それは……」

「だいじょうぶ。ここで聞いたことはきみとお姉さんだけの秘密にしておくから」

「……うん……」

この人は信頼できる。

そう思った啓介は、うなずき返して家を飛び出してきた顛末を話した。

父親が仕事でほとんど家に帰ってこないこと。

家事関係に絶望的に疎いこと。

それは別に構わないがそのくせ深く考えずに余計なことを口にする傾向があるということ。

マクラの匂いがカメムシのようであること。

啓介が話している間、和花菜さんはじっと黙って聞いていてくれた。

「そっか、カメムシかあ……」

小さくうなずいて、和花菜さんが少し苦笑するようにそう口にする。

「話してくれてありがとう。うん、きっと啓介くんはさみしかったんじゃないかな」

「さみ、しい……？」

「そう。すごくしっかりしてるけど、啓介くんはまだ十歳……小学生だもの。本当だったらもっとわがままを言ったり、大人に頼っていい年頃なんだと思う」

「そう……なのかな」

「そうだよ。啓介くんはすごくがんばってる。そのことは今日会ったばっかりの私にもわかる。

だけどがんばりすぎるのはよくないかな。たまにはもっと力を抜いて、楽に生きないと」

「……」

「ね？」

どうしてだろう。

この人の言葉はこれ以上ないくらいに引っかかりがなく、啓介の胸にスッと染みこんでくる。

今日初めて知り合ったばかりのはずなのに……

「だいじょうぶ。お姉さんは……いつでもきみの味方だから」

「あ……」

そう言って笑う和花菜さんの顔は、啓介にはとても安心できるもののように思えた。

この人になら全てを委ねてしまってもいいのではないかと思えるような包容力がそこにはあった。

胸の奥で、何かがドクリと動くのを啓介は感じた。

3

それから啓介は、折を見ては和花菜さんの家に通うようになった。

とはいっても、せいぜい週に一回程度。

だいたい週末の土曜日の午後に行くことが多かったと思う。

その頃には花織ちゃんがなついてきてくれるようになっていてほとんどの時間は彼女といっしょに過ごしていたし、和花菜さんも大学に通っていたので、それくらいがお互いにとってちょうどいいペースだった。


「和花菜さん、こんにちは」

「あら、啓介くん。いらっしゃい。今日はルイボスティーとモンブランがあるわよ」

「え、ほんと?」

「うん。縁側でいっしょに食べよっか?」

和花菜さんはいつも笑顔で迎えてくれた。

啓介が訪れる度においしいお茶とお菓子をご馳走してくれて、色々と話を聞いてくれた。

「今日学校で正臣とバスケをしたんだ。相手はバスケクラブに入ってたんだけどなんとか勝てて……」

「うんうん」

「あとね、最近仲良くなった女の子がいて、名前は花織ちゃんっていうんだけど、天使みたいですごくかわいくて……」

「そうなんだ。ふふ、今度お姉さんにも紹介してね」

「和花菜さん、これあげる」

「あら、きれい。白いツツジの花ね」

「ここに来る途中で見つけたんだ。玄関に飾ったらいいかなと思って」

「ほんとね。ありがとう」

不思議だった。

和花菜さんといっしょにいると、何だかすごく落ち着いた心地になる。

だけどそれだけじゃなくて、同時にどこかソワソワとその場でジッとしていられなくなるような感情も湧き上がってくるのだ。

それは花織ちゃんといっしょにいる時とも、舞花といっしょにいる時とも違う感覚。

その感情が何であるのか、啓介にはわからない。

だけど……

「あの、和花菜さん」

「ん、なーに？」

「ええと……」

「？」

「……これからもこうして和花菜さんの家に来ていい？　和花菜さんがイヤじゃなかったらだけど……」

啓介のその言葉に、和花菜さんは優しく微笑んだ。

「ふふ、もちろんよ。だってかわいい男の子はこの世界の宝物で見ているだけで至上の眼福……」

「……？」

「……じゃなかった、こほん、困っている年下の子のお世話をするのは大人の義務だもの。特に啓介くんならいつでも大歓迎かな」

「あ……」

「それにしても今日はあったかくて気持ちいいなあ。おいで」

手招きをする和花菜さんに誘われて、啓介も縁側に腰かける。

「えいっ♪」

「あっ……」

そのまま優しく腕を引っ張られて。

気がついたら啓介は、和花菜さんのヒザの上で彼女の顔を見上げていた。

「ふふ、ひざまくら〜。いいこいいこ。ゆっくりくつろいでくれてだいじょうぶだからね？」

ひざまくらなんて初めての体験だった。

やってくれるような相手など身近にはいなかったし、そもそもそんな子どもみたいなことをだれかにお願いするような歳でもない。

だけど和花菜さん相手だと不思議と抵抗はなかった。

そうしていることがこの上なく自然なことのように、受け入れることができる。

撫でてくれる手の感触が心地いい。

後頭部に触れる柔らかさは雲の上のよう。

びっくりするくらいいい匂いがする。

まるでずっと昔からこうしていたかのようで……

「……」

何だか眠くなってきた。

手足がじんわりとと温かくなってきて、それが全身に広がっていくようであり……

「ふふ、眠かったら寝ちゃってもいいのよ」

「え、だけど……」

「だいじょうぶ。きみが起きるまで……ずっとお姉さんがこうして傍で見っててあげるから。ね？」

和花菜さんの声がどこか遠くに聞こえる。

まるで子守歌のように穏やかに緩やかに鼓膜を震わせてくる。

すぐ頭の上にある和花菜さんの顔が少しずつぼんやりとなっていって……

「……ねえ、啓介くん……」

「ん……なに……和花菜さん？」

「あのね、もしも、もしもなんだけど……私が三十歳を越えてもまだ一人で、その時にきみにもだれも相手がいなかったら……」

「……うん……」

「……その時は……」

何かを言っているみたいだけど眠くてもうよく頭に入ってこない。

だけど和花菜さんの言うことならきっとおかしなことではないと思ったので、啓介はうなずきながらこう答えた。

「……ん……いいよ……」

「そっか、ありがと、啓介くん」

「……ううん……ぜんぜん……」

「ふふ、おやすみなさい……」

心地よい温もりと柔らかな声を感じながら、啓介の意識は真っ白な光の中へと落ちていった。

4

啓介が目を覚ますと、辺りは夕暮れのオレンジ色に染まっていた。

思っていたよりもずいぶん長く寝てしまっていたらしい。

何だか寝る前に大事な話をしていたような気もするのだけど……

和花菜さんはどうしたのかと啓介が顔を上げると。

「すー……すー……」

和花菜さんは寝ていた。

長い髪の毛を滑らせるように肩から流して、こくこくと船を漕ぎながら気持ちよさそうな寝息を立てている。

「和花菜さん」

声をかけても起きる様子はない。

わずかに身じろぎをしながら、時々「ん……」という息を漏らすくらいである。

少し考えて、このままにしておこうと思った。

和花菜さんも疲れているのかもしれないので、起こすのも悪い気がしたのだ。

それに何だか……流れている空気がとても穏やかなものだったから。

「……」

縁側に射し込むオレンジ色の淡い光。

どこからか聞こえてくるカラスの鳴き声。

遠くで響く車の音。

たぶんだけど……こうしている時間はかけがえのないものなのだと、子ども心にも感じられた。

変わらない毎日の中にひっそりと隠れていて、時折顔をのぞかせては優しい気持ちを分け与えてくれるものなのだと。

そしてきっと、こういった関係はこれから先もずっと続いていくのだと思った。

和花菜(わかな)さんとなら、花織(かおり)ちゃんとはまた違った意味で、心安らぐ時間を紡(つむ)いでいけるのだと思った。

「……」

二人が幼なじみになった瞬間だった。

SCENE3―②

☆幼なじみ4531日目（啓介23歳・和花菜29歳）

1

土曜日の昼下がり。

啓介は家から歩いて五分ほどのところにある一軒家へとやって来ていた。

二週間ぶりに訪れる麻生家の様子は、いつもとまったくもって変わらなかった。

もう何年も前から見慣れた少しだけ古びた二階建て。

もともと建て売り住宅であったため周りには似たような外観の家が並び、何とかラジオ体操ができるくらいの広さの庭には半年ほど前に放置されたミントが繁殖して我が物顔で辺り一面を覆い尽くしている。

もはや完全に他の植物を駆逐する勢いだ。

ミントの侵食力は怖いな……と思いつつ、また後で少し抜いておかないとと心のタスクに記録して、啓介は呼び鈴を押した。

「和花菜さん、いますか？」

返事はない。

「啓介(けいすけ)です。寝てるんですか？」

やはり反応なし。

だれもいないんじゃないかってくらいに物音一つしない。

とはいえこれはいつものことなので、啓介(けいすけ)としても特に気にしない。

「入りますよ」

ガスメーターの裏にある合鍵を取り出して、中へと入る。

玄関に入るなり、目に飛び込んできたのはダンボールの山だった。

天井まで届かんというほどの大量のアマゾンのダンボールが、そこかしこに積み重ねられている。

「また増えてる……」

先々週来た時にある程度片付けたはずなのに、もうこの有り様だ。

中には開封すらしていないものもある。

捨てても捨てても湿った場所に生えるキノコのようにわいてくるため、完全撤去することを啓介(けいすけ)は半ば諦めていた。

「和花菜(わかな)さん、いるんですよね」

心の中でため息を吐きつつ、呼びかけながら居間へと進んでいく。

居間の中も、玄関や廊下と同じような状態だった。

空きペットボトルや空き瓶、無数のダンボールに埋め尽くされた、どう取り繕ってもきれいとは言えない空間。

その中央にあるソファ。

その上で……イモムシのような何かがもそもそとうごめいた。

「あ、啓介くん……いらっしゃーい……」

「またソファで寝てたんですか。ちゃんとベッドで寝ないと疲れが取れないってあれほど言ったのに」

「それはそうなんだけど~……帰ってきてごろごろしてたら移動するのがめんどくさくなっちゃって」

眠そうな声を上げながらそんなことを言うのはこの家の家主その人だ。

麻生和花菜さん。

啓介の七歳年上で……十年以上前からの付き合いの幼なじみだった。

「面倒くさいって、和花菜さんももう三十歳なんですから、そろそろ少しは丁寧な暮らしをしないと……」

その単語に、和花菜さんは激しく反応した。

「まだ二十九歳だから！　二十代で、夢見る乙女で、ぴっちぴちだから！」

「はいはい」

その夢見る乙女もあと一ヶ月で終了してしまうことを啓介は知っている。

「とりあえずシャワーを浴びてきてください。メイクをちゃんと落とさないとピッチピチの肌が台無しです。その間に色々と片付けておきますから」

「は～い……」

毛布を被ったままだらけた声で返事をして、和花菜さんはのそのそと洗面所へと移動していった。

2

「はい、これをどうぞ」

しばらくして洗面所から美顔ローラー片手に戻ってきた和花菜さんに、啓介はマグカップを差し出した。

「ん、これって～？」

「ローズヒップティーです。たまたま会社で同僚からお土産でもらったので持ってきました。疲労回復と肝機能回復の効果があるので、今の和花菜さんにはぴったりだと思いますよ」

「わーん、ありがとー……昨日はチートデーで飲み過ぎたからこういうのが欲しかったのー」

「だと思いました。週末はだいたいそのパターンですから」

「だって～、あったかい飲み物（熱燗）と甘じょっぱい食べ物（酒のつまみ）は生きていく上で必要不可欠なガソリンみたいなものなんだもの～」

「……。和花菜さんって本当に……」

中身はいい歳したおっさんみたいですよね……と言いかけてさすがにそれは自重した。

「今、何か失礼なこと考えなかった～？」

「……。……いえ」

「ウソだ～！　干物女だとか、飲んだくれだとか、くたびれただらしないおっさんみたいだとか思ったでしょ？」

こういうところは妙に勘がいい。

「……ノーコメントで」

「それほとんど認めてるようなものだから！」

手にしていた美顔ローラーでバシバシと叩いてくる。ちなみに痛くはない。

「はー、なんか年々啓介くんの私に対する扱いが雑になってきてる気がしてお姉さん哀しい……仮にも初恋のお姉さんに対してそれはあんまりじゃない？」

和花菜さんのその言葉に、啓介はこう答えた。

「そうですね、初恋でしたよ」

「過去形で言わないでぇええええええええええええええ……………！」

時間が経てば様々な状況の変化とともに、関係性も変わる。

確かに出会ったばかりの十年以上前……和花菜さんに対して啓介が抱いていた気持ちは、初恋と言ってもいいものだったのだと思う。

キラキラと輝く宝石のような、淡くてはかない感情。

あの頃はそれがとても大切なもののように思えた。

……今となってはそんなもの、木っ端微塵に砕けてどこかに消えてしまったけれども。

「あーあ、あの頃は啓介くんも私のこと、年上の美人で優しいちょっと高嶺の花なお姉さんだって慕ってくれてたのになあ……」

「すぐにボロが出たじゃないですか……」

「ボロじゃないの、これが本当の私なの！　飾らない私、ありのままの自分……」

「……」

何でもありのままと言えばいいというものじゃない。

ダンボールを片付けられない食事が作れない洗濯機の使い方がわからない。

脱いだ服はそのまま脱ぎっぱなし眠くなったらすぐにソファで寝るお酒を飲むのが何よりも好き公共料金の払い方がわからない。

その他突っ込みどころは数知れず。

美人であることは否定しないけれど、生活能力がゼロどころかマイナスに振り切っている残念な人というのが……今の和花菜さんに対する啓介の評価だ。

あの頃の真っ直ぐ無邪気に憧れていた自分に今の惨状を教えてやりたい。

しかもこの人の場合、問題なのはそれだけじゃなくて……

「だいたい僕に声をかけてくれたのだって、不純な動機だったじゃないですか」

「う、それは……」

和花菜さんが明後日の方向に目を逸らす。

「憂い顔のいたいけな美少年を放っておけなかった……でしたっけ？　一歩間違えたら犯罪ですよ」

「だ、だってだって、あの頃の啓介くんはほんと天使だったのよ～。今もイケメンだけど、当時は触れちゃいけないようなはかなさと神秘性があって……私のスマホの中には『マイスイートプリンス★啓介くん（十二歳）』フォルダが三十六個もあるんだから」

「自慢するところじゃないですからねそれ」

要するに……この人はそういった小さな男の子を頭の中で愛でるのが大好きなのだった。

俗にショタと呼ばれるそれは、汚れを知らない無垢な少年に保護欲や母性を覚えるらしい。
趣味嗜好は人それぞれとはいえ、啓介にはその気持ちはさっぱりわからなかった。
ちなみにいつだったか正臣にその話をしたらこの上なく不可解な顔をされたのはどうしてだろうと今でも疑問に思っている。自分の頭の上に眼鏡をかけたまま眼鏡を探している人を見た時と同じ顔だったような……

「逮捕だけはされないようにしてくださいよ……」

知り合いが万が一にもそんなことになったら花織ちゃんが悲しむだろうから。

「だいじょうぶ。今はもうスマホの中の啓介くん（十二歳）にしか興味ないから」

「それもそれであれなんですが……」

もう今さらそれを言ったところで手遅れだったりもする。

「それじゃあ、昼ご飯を作りますね。和食と洋食どっちがいいですか？」

「和食！」

「わかりました」

食事の話をした途端に元気に手をあげる和花菜さんにうなずき返して、啓介は台所へ向かった。

3

「わー、いただきまーす」

テーブルに並んだ料理を見て和花菜さんが歓声を上げる。

今日の献立は、ほうれん草の煮浸し、肉ジャガ、シジミの味噌汁だった。

「おいしい～。ジャガイモがほっこほこで出汁がしみしみで……」

「ニンジンをよけないでください」

「え～、だっておいしくないんだもん。こんなムダにいい色をしてるくせに」

「子どもじゃないんですから……」

目を離すとすぐにニンジンを皿の脇にどけようとする和花菜さんにため息を吐く。

うーん、ほんと、困った人だなあ。

「あ、このお味噌汁、いい味。身体に染みこんでくるみたい……」

「シジミは二日酔いにいいので。あと和花菜さんは普段から鉄分が足りていないと思うので、含有量の多いほうれん草を食べやすい煮浸しにしてみました」

「その新妻みたいな気の配り方……はー、ほんと啓介くんがいてくれて助かってるわ。私一人だったら今頃孤独死コースまっしぐらだったかもしれないもの」

その言葉が冗談に聞こえないのが怖いところだ。

こうして二週間に一度は啓介が訪問して面倒を見ないと、この人は本当にどうにかなりかねない。

家の中のアマゾンのダンボールを片付けて、床が見えるように掃除をして、栄養のありそうなご飯を作る。

窓を開けて換気をして、洗濯機を回して、たまった電気料金やガス料金の支払いをする。

これが花織ちゃんをして〝和花菜さん参り〟と言わせている、二週間に一度の啓介の役割だった。

「ごちそうさま～。う～ん、おいしかった～」

満足そうな声とともに、和花菜さんが手を合わせた。

ちなみにニンジンは最後まで渋っていたけれど強引に食べさせた。

「大満足～。ほんと啓介くんはいいお婿さんになれると思うわ～」

「ありがとうございます。食後のお茶をいれますけど、緑茶と焙じ茶のどっちがいいですか？」

「日本酒！」

「ダメです」

「うっ……それじゃ焙じ茶」

「わかりました」

しれっと酒を要求してきたのを拒否をして、焙じ茶をいれる。

茶葉を焦がすような良い香りが部屋に漂い、どこかまったりとした空気が流れる。

「そういえば今日はよかったの～？」

「え？」

「かおちゃん。せっかくのお出かけ日和だったのに私のところに来て。お休みの日は……っていうか啓介くん、生きてる時間のだいたい九割はかおちゃんといっしょにいたいのかな～って」

「それは……まあ、正直どちらかと言われれば10：0で花織ちゃんと過ごしたかったですけど」

「う、正直すぎてお姉さんちょっと泣いちゃいそう……」

「花織ちゃんは唯一無二の絶対な存在なので、何が相手でも比較対象になりませんから」

「……あいかわらずかおちゃんが大好きなのね～。もしかしてまだ隠し撮りをしたりしてるの？」

「花織ちゃんが撮っていいと言ったので。『マイエンジェル☆花織ちゃん』フォルダは次で三十五個目になります」

「うわぁ……さすがにそれはちょっと引いちゃうかも」

和花菜さんまでそんなことを……

花織ちゃんの世界一かわいくて愛らしい姿を後世に残すのはもはや人類の義務と言ってもいいものなのに。

ただ一連の和花菜さんの言葉に一言だけ付け加えるとしたら。

「だけど今日、というか定期的にここに来てることをイヤだとは思ってませんよ」

「そうなの～?」

「はい。だって」

「?」

「和花菜さんも、僕にとって大切な人ですから」

「……っ……」

「それは今は年上らしさは皆無と言っていいくらい生活能力がなくて、色々社会人としてはどうかと思う致命的なところが両手では数え切れないほどあって、ソファが巣になっているダメなソファ星人ですけど、それでもヘコんでた時に優しく寄り添ってくれた大事な相手であることには変わりありません。今でも大切な幼なじみです。できる限りのことはしたいと思ってますよ」

「……」

「和花菜さん？」

「……あ、あ〜、もう、啓介くんは。何で急にそういうことを不意打ちでぶっこんでくるかな〜……」

手で顔を覆いながら珍しく消え入りそうな声でそんなことを言う。

「？」

「なんでもな〜い。それより……」

「……」

「えいっ、食後のひざまくら〜♪」

そう楽しげに声を上げると、和花菜さんは啓介のヒザの上にごろりと寝転がった。

「ちょ、和花菜さん？」

「だって啓介くんのひざの上、落ち着くんだもん。私の還る場所はここみたいな？」

「人のヒザを母なる海みたいに言わないでください」

「いいじゃな〜い。ほら、昔はよく私がやってあげたんだし」

そう言われてしまうと啓介としても強く反論できない。

どうせなら花織ちゃん相手にやりたいというのが正直なところなのだけれど……仕方ない。

「わかりました。好きなだけどうぞ」

「やった～。ごろごろ～」

ヒザの上で動き回る和花菜さん。

長い髪がふわふわと揺れて、花のような果実のような懐かしい匂いがわずかに辺りに漂った。

「あ～、気持ちいい。何だか眠くなってきちゃったな～。ちょっと寝てもいい？」

「ダメって言っても寝るんですよね？」

「あはは、さすが啓介くん、お姉さんのことをよくわかってる～。それじゃおやすみ～」

そう笑った和花菜さんは、わずか三十秒ほどでもう安らかな寝息を立て始めていた。

そういえば特技は早寝だって言ってたっけ。

「……」

「す～……す～……」

穏やかな寝息。

それにしても気持ちよさそうに寝ているなあ……

完全に油断しきった無防備な寝顔だった。

額に「肉」と書いてもたぶん起きないんじゃあるまいかというくらいの熟睡っぷり。

目の前にある年上の幼なじみのそんな何も包み隠すことない寝姿を見ながらふと思う。

この人は結婚とかしないのだろうか。

見た目は間違いなく美人といっていいレベルだし、就いている仕事も普段の言行からは想像もつかないほどのエリートキャリアだ。

少なくとも対外的にはかなりの優良物件に見えるのではないかと啓介は思うのだけれど、この歳になるまでそういった話をさっぱり聞いたことがない。……それはまあ、プライベートでのこの〝ありのままの姿〟を見たら百年の恋も冷めるのかもしれないけれど。

「結婚、かぁ……」

ふと思い出す。

そういえばずっと昔、まだ花織ちゃんが幼稚園に通っていた頃にそんな約束をした。

一生いっしょにいて、ずっと彼女のことを守るという約束。

転じて、結婚。

とはいっても十年以上前の話だし、あの時は状況が状況だったから、花織ちゃんももう気にしてはいないかもしれないけれど……

そんなことを考えていたら、啓介も何だか眠くなってきた。

今日もポカポカないい陽気だし、こうなった和花菜さんはちょっとやそっとのことじゃ起きやしないし、少しくらい休んでも大丈夫だろう。

そう考えて啓介も目をつむる。

眠気はすぐにやってきた。

夢に花織ちゃんが出てくるといいな……と思いつつ、そのままま どろみに落ちたのだった。

4

「ん……んん……」

和花菜が目を覚ますと、辺りはオレンジ色の夕日に染まっていた。

世界の境界がぼんやりと曖昧になるような、どこか懐かしい昼と夜の間の狭間の光景。

すぐ目の前では、コクリコクリと頭を揺らしながら啓介が静かな寝息を立てている。

「ふふ、前にもこんなことがあったっけ……」

まだ啓介と知り合ったばかりの頃。

あの時も確か二人して縁側で、ひざまくらをしていた。

ただし、やっている方とやられている方が今とは逆だったけれど。

「あの時は啓介くんもまだ小学生だったなあ……」

当時の会話がよみがえる。

『……ねえ、啓介くん……』

『ん……なに……和花菜さん？』

『あのね、もしも、もしもなんだけど……私が三十歳を越えてもまだ一人で、その時にきみにもだれも相手がいなかったら……』

『……うん……』

『……その時は……』

『……』

『……私たち、結婚しちゃおっかな、なーんて……』

『……』

『……どうかな……？』

『……』

『……』

『……ん……いいよ……』

『そっか、ありがと、啓介くん』

『……ううん……ぜんぜん……』

『ふふ、おやすみなさい……』


そんな……会話。

ほとんど冗談みたいなやり取りだ。

「啓介くんは……まあ覚えてない、よね～……」

あの時の啓介はまだ小学生だったし、そもそも半分寝ぼけていたから、約束というのにはあまりにも頼りないものだろう。

でもそれはそれで構わないと、和花菜は思う。

何も和花菜だって本気で言ったわけではないし、言葉の綾みたいなものだ。……いや、それは心の片隅でちょーっとだけ期待していた面があったのは否定できないけれど。

とはいえ実際……歳の差もあるわけだし。

ただ。

「啓介くんとこうしてる時間は、昔から嫌いじゃないんだよなあ……」

正直自分以外の他人といっしょにいることが和花菜は得意ではなかったけれど、昔から啓介だけは例外だった。

どんなに長い時間二人だけでいても苦ではなく、むしろ楽しいと言ってよく、それだけじゃなくて素の自分を出すことができる。

啓介はそんな不思議な存在だった。

「って、そんなこと言ったらかおちゃんに怒られちゃうか」

あの子が啓介のことを大好きであることを和花菜は知っている。

大好きすぎて、それがすごく空回りしていることも。

まだ高校生の淡い恋心かもしれないけれど、それでもただの憧れ以上の好意を抱いていることは丸わかりだ。

もちろん本人から面と向かって言われたわけじゃない。だけどそこはそれ、女の勘というやつである。

もっとも向こうは……和花菜の内心には気づいていないみたいだけど。

そういう意味ではもう一人の幼なじみ……啓介と同じ歳のあの子の方が和花菜とは近い位置にいるのかもしれない。

それはまあ同時に色々と地雷原的なものをはらんでいるということだけれど……

「ま、なるようになるでしょ～」

こういうことはあまり深く考えすぎても仕方がない。

酒蔵近くの伏流水にたゆたうワサビの葉っぱのように、流れに身を任せるのが一番なのだ。

そう心の中でうなずいて、和花菜は再び目を閉じたのだった。

EXTRA
SCENE

『花織ちゃんと猫』

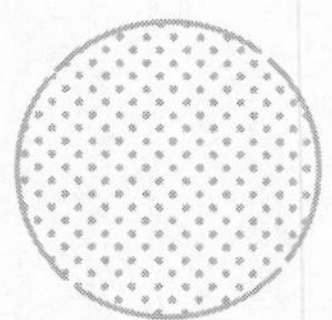

☆幼なじみ4539日目（啓介23歳・花織15歳）

＊

「ほら、この子だよ」

にゃーん♪

〝和花菜さん参り〟の翌週の日曜日。

花織ちゃんといっしょに高校を訪れた啓介を、柔らかな声で鳴く真っ白な美猫が迎えてくれた。

「ね、あの時のあの子でしょ？　面影あるよねー」

「うん、見覚えがある気がする」

「全身真っ白で毛並みが粉雪みたいにサラサラだからユキって名前にしたんだ。ほら、ユキ。ケイ兄だよ」

にゃんにゃん♪

どうやら啓介のことも覚えてくれていたようで、甘えたような鳴き声を上げながら頬をすり寄せてきてくれる。う、かわいいな……

しゃがんだ啓介のヒザの上に一生懸命に乗ろうとしてくる猫——ユキに思わず頬が緩んでし

まう。

「……」

……はっ、いけないいけない、啓介の中では今も昔もこれからもかわいさのヒエラルキーでは何があっても花織ちゃんが一番だっていうのに……

とはいえ前脚でふみふみしながら無邪気な瞳で見上げてくるユキは実に愛らしい。

思わずその小さな頭を撫でて猫かわいがりしてやりたくなってしまう。

「うう、どうしたら……」

煩悶する啓介の横で。

「……ケイ兄、ネコちゃんにもてるんだ……」

ぼそりとそうつぶやいていた花織ちゃんと。

「な、菜々星さんが見たことない顔してる……」

おののくような声を上げていたのは本条さん。

普段から花織ちゃんといっしょにユキの世話をしているということで、彼女も来てくれたのだ。

「ほ、ほら、私、チュールを持ってきたんだ。あげよ、菜々星さん?」

「……うん、そうだね。どんなにもててもさすがにユキはライバルにならないし。はい、ユキ」

にゃーご♪

差し出されたチュールをおいしそうにペロペロと舐める猫。

と、そこで啓介はあることを思い出した。

「あ、そうだ。これもどうかな？」

「？　にぼし？　それどうしたの、ケイ兄？」

「今日猫を見に行くって話をしたら、舞花が持っていったらどうかって」

「舞花さんが？」

「うん。自分は行けないけど猫に差し入れだって」

先日、仕事帰りにバーにいっしょに行った時に猫の話をしたところ、これを渡してきたのだ。

ああ見えて舞花は猫が大好きで、おやつ用のにぼしを常に持ち歩いているらしい。ちなみに飲みながら自分でも食べていたのは……見なかったことにしよう。

「あ、そうなんだ。そういえば最近舞花さんに会えてないなー。元気してる？」

「うん。仕事が忙しくて、その他も……まあ色々あるみたいだけどとりあえずいつも通りだった」

「そっかー、ならよかった」

安心したように笑う。

花織ちゃんと舞花は昔から仲がいい。

性格的には二人とも陽の者だし、付き合いも十年以上の幼なじみ同士だし、話が合うみたいだ。

おそらく二人とも、お互いのことを姉妹のように思っているのだろう。

「あ、じゃあケイ兄、いっしょににぼしあげよ？」

「オッケー」

手にしたにぼしを花織ちゃんに分けて、ユキに差し出す。

やはりにぼしは好物なのか、喉を鳴らしながらおいしそうにがっつく。

「ふふ、ユキ、うれしそう。ほら、取らないからもっとゆっくり食べてだいじょうぶだよ。あ、もしかしてのどが渇いてるのかな。ごめんね、ケイ兄、お水を持ってきてもらえるとうれしい――」

「はい、そうだと思ってもう用意してあるよ」

「ありがと。あ、ケイ兄、靴ひもがほどけてるよ？」

「え、本当？　今手がふさがってるから結んでくれると助かるかも」

「だいじょうぶ。今結んだから」

「ありがとう、花織ちゃん」

手際よくやってくれた花織ちゃんにお礼を言う。

と、啓介たちを見ていた本条さんが驚いたような表情で目をぱちぱちとさせていた。

「？　どうしたの、本条さん」

「あ、うん、二人とも、すごく息がぴったりだなって。仲いいんだね」

「え、そ、そうかな？　そ、そんなに仲良く見える？」

「うん。本当の兄妹みたい」

「……妹……」

と、花織ちゃんの周りの空気がズーンと重くなったように見えた。

「あ、あれ……？　ご、ごめんね、私、何かヘンなこと言っちゃったかな……」

「……ううん、そんなことないよ……」

「す、すごくそんなことある顔してるんだけど……」

体育座りをしながら地面に「の」の字を書いている花織ちゃんに、本条さんが困ったような顔を向けていた。

「でも本当にこの子、すごく花織ちゃんに懐いてくれてるよね。まるでずっといっしょにいるみたいだ」

「え？　あ、うん、そうなの。もうかわいくてかわいくて……。できればうちにお迎えしたいんだけど、お母さんが猫アレルギーだから……」

「そっか……」

穂波さんも猫は好きなのだけれど、確か半径一メートル以内に近づくだけでくしゃみが止まらなくなるレベルのアレルギー持ちだった。

「だから今はしょうがないって思ってるんだ。でも将来一人暮らしするようになったら絶対家族にしたいって思ってるの。その時まで待っててね、ユキ」

にゃんにゃん♪

答えるようにうれしそうにユキが鳴く。

とはいえ猫の寿命は十五年前後だから、もしかしたら花織ちゃんが一人暮らしをするまでには間に合わないかもしれない。

ただ実のところにぼしを常備している舞花は当然として、和花菜さんも大の猫好きだったりする。よく近所の野良猫といっしょに縁側で日向ぼっこをしているのを見たことがあった。なのでもしもユキがどうしても困った時は、二人のどちらかが引き取ることができるかもしれない。……まあ、和花菜さんに限っては猫以前に自分の面倒を見ろという話なのだけれど。

やがてにぼしを食べ終わったユキは、満足したのかそのまますやすやと寝てしまった。

「ふふ、気持ちよさそう。いいなあ、ケイ兄のヒザ」

「うーん、別にそこまで寝心地はよくないと思うんだけど」

「そんなことないって。前にひざまくらをしてもらったことがあったけど、すっごく快適だったもん」

「そういえばそんなこともあったっけ……」

あれは確か花織ちゃんがまだ小学生の頃だったと思う。

春野家に泊まることになった花織ちゃんが寝る前に、ひざまくらをして髪の毛のお手入れを手伝ったことがあったのだ。

「あれ、ほんとに気持ちよかったんだよー。またやってほしいなぁ……」

「え、うん、いつでもいいよ」

「え、ほ、ほんと？」

「うん、花織ちゃんなら大歓迎だし」

「や、やったぁ……！　約束だからね！」

「了解」

かくして花織ちゃんとひざまくらの約束が結ばれて。

その傍らで。

「ひざまくら……ちょ、ちょっとだけうらやましいかも……」

本条さんがそうつぶやいていたのだった。

SCENE 4

『舞花と頼み事』

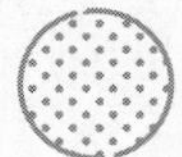

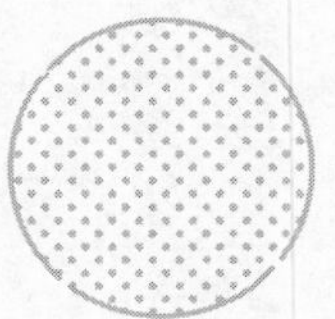

Tenshi na OSANA-NAJIMI
tachito sugosu 10000nichi no
hanayomedays

SCENE4—①

☆幼なじみ１５４４日目（啓介15歳・舞花15歳）

1

「ほらほら、けーすけ、起きなさーい！」

朝の春野家の一室に、そんな声が響き渡った。

「まーた昨日も夜更かししてたのー？　起きないと遅刻しちゃうよー。また全力で走ることになるよー。私はいいけど、けーすけは体力ないから壊れたラジオみたいになっちゃうでしょー？」

「ううん、あと五分だけ……」

「だーめ。はい、強制布団剝奪の刑」

ガバッという音とともに。

無理やり布団を引っぺがされて、その弾みで啓介はだらしなく床に転げ落ちる。

「あははははは。カエルみたい。うける」

「……おはよう、舞花」

「うん、おはよ。いい朝だねっ」

転がった啓介を両手を腰に当てて見下ろしながら、制服姿の舞花はにかっと笑った。

それに合わせてスカートの裾がひらりと翻る。

朝から元気でうらやましいとしか言いようがない。

向かいの家に住んでいる舞花が啓介のことを部屋まで起こしに来るのはもう見慣れた光景だ。

小学校の頃は同じ登校班だったので欠かさず毎日、中学の頃は舞花に部活の朝練があったことから頻度はやや減ったものの、高校に入ってからはそれがなくなったため再びほぼ毎日となった。

朝に強くない啓介からすればそれ自体はありがたいことなのだけれど……

「えっと、着替えるから出てってもらっていい？」

「え、なんで？」

「何でって、見られると困るから」

「えー、今さらそんなの気にすることないってのに。幼稚園からの付き合いじゃん。でもま、けーすけが恥ずかしいっていうならそうするけど」

そう笑って舞花が部屋から出て行く。

いくら長い付き合いと言ってもそういうところは気にしてもらいたいと、寝間着を脱ぎながら啓介は思う。

彼女が言っていた通り……舞花とはもう知り合ってから十年以上になる、一番昔からの幼なじみだ。

初めて出会ったのは啓介が四歳の頃。

同じ幼稚園の同じクラスで、さらに家も向かい同士だったことから、すぐに家族ぐるみで付き合うことになった。

その頃はまだ啓介の母親もいたことから、特に家族同士で何かをすることが多かったと思う。

舞花は昔から明るく活発で陽キャな性格だった。

いつでもテンション高めでエネルギーにあふれていて、フレンドリーで、だれに対しても物怖じをしない。

どちらかといえば人と話したり騒いだりするのは苦手な啓介とはほとんど真逆と言ってよかったけれど、どうしてか不思議とウマは合った。

それはきっと舞花のポジティブさが、押しつけがましくなくちゃんと相手の気持ちをおもんばかってくれるものだったからだと思う。

そんな舞花だったから、出会った時からいっしょにいることにいっさい違和感を覚えることなく、そのままお互いに空気のような存在として成長していった。

そして現在に至るといった具合だ。

そんな舞花は、啓介にとって最も気の置けない大切な女友だちでもあった。

「お待たせ。じゃあ行こうか」

「ほーい。忘れ物はない？　スマホは持った？　ハンカチとティッシュは？」

「ん、大丈夫。——あ、でもいっこあった」

「んん、なに？」

「出る前に花織ちゃんのところに行って朝のハイタッチをするから。それは譲れない」

　その言葉に、舞花が少しだけげんなりとした顔になった。

「あー、わかってるって。けーすけにとってかおかおは唯一絶対のナンバーワンアイドルだもんね。ほとんど宗教だしー」

「うん、花織ちゃん教があったらきっと秒で入信してるかな」

「ちなみにほめてないよ？」

「そうなの？」

　てっきり花織ちゃんへのお兄ちゃん愛を賛美されているのかと思ったのに。

　そんな啓介の反応に舞花はさらに疲れた顔になって。

「……はー、けーすけはそういうところなんだよなあ……」

「？」

　額に手を当てながら、そうため息を吐いていたのだった。

2

通学路は制服姿のたくさんの生徒たちで賑(にぎ)わっていた。

みんな思い思いのことを話しながら、流れるように学校へと向かって歩いている。

小学校の頃からこの上なく見慣れた光景。

ただ少しだけ違ったのは、通り過ぎる生徒たちの三人に一人はこちらに向けて声をかけてくることだった。

「おはよう、東雲(しののめ)さん」

「あ、おっはー。お、佳奈ちん髪型変えた？　それいいねー」

「ほんと？　ありがとう」

「ねえねえ舞花(まいか)ちゃん。昨日送った動画どうだった？」

「めっちゃよかった！　すぐお気に入り登録しちゃったよ。他にも何かないない？」

「あ、じゃあこっちの動画もおすすめでー」

「舞花(まいか)、今日いっしょにお昼食べようよ」

「ん、いいよー！　今日は学食のカツカレーが食べたい！　ご飯大盛りで！」

「あはは、あれ好きだよねー、舞花」

話しかけられているのは啓介ではなく、もちろん舞花だ。

先輩後輩同級生男女を問わずに、笑顔で挨拶を交わし合っている。

昔からコミュ力おばけなだけはあって、入学してからのこの二週間でもうこんなに友だちができたらしい。昔から夢は「友だち一万人できるかなー？」だと公言してはばからなかったけれど、舞花なら本当にやってしまうかもしれない。

「ん、どしたの、宇宙人でも見たみたいな顔して？」

「や、あいかわらず舞花は友だち多いなって」

「そっかな？　普通っしょ、こんなの」

「入学二週間で三年の先輩と朝から肩組んでるのは普通じゃないと思うんだけど……」

「えー、優乃さんいい人だからさ。こないだカラオケでたまたまいっしょしてからめっちゃ仲いいんだー」

「……」

昔からこんな具合だ。

道を歩いていると信号待ちをしていたおばあちゃんといつの間にか友だちになっていたりとか、ラーメン屋に並んでいたら気づけば見知らぬ女性客と連絡先を交換していたりとか、中学の入学初日でクラス全員のみならず隣のクラスの生徒半分と友だちになっていたりとかは日常茶飯事。

舞花にとって友だちを作るという行為は、息をするのと同じくらいの感覚なのかもしれない。

「だって友だちは多い方がいいじゃん。たくさんいればそれだけ人生の潤い？　が増えるってもんだよ。ていうか私のことはいいから、けーすけももっとクラスに馴染まないとだめだめだよ？　またかおかおのことばっか布教しようとして、ドン引きされたりしてない？」

「それは……してない」

「ほんとにー？　じー」

「……と、思う……」

うーん、正直、自信はない。

相手を引かせているつもりはないけれど、花織ちゃんが何を置いても第一優先であることは啓介の基本的な生き方である。それこそ植物が光合成をするように花織ちゃんがかわいいことを吐き出してしまうのは避けられないことであって……

実際、花織ちゃんが学校にやって来て全校放送をした翌日、登校して教室に入るなりクラスメイトたちに囲まれて一斉にこんな声をかけられた。

『昨日はびっくりしちゃったよー。小学生の女の子に彼氏とか言われてて』

『それに春野くん、その子が天使だなんて言い出すんだもん』

『な、ちょっとやばいやつなのかと思ったし』

『でもそうじゃなくて妹さんのことを大切に思ってるだけなんだよね。城ヶ島くんが言ってた』

『おれも妹いるからわかる。そういうのもなんかほっこりしていいよな』

『うんうん、イケメンなのに妹好きキャラって、ギャップがあるけどアリだよね』

間違いなく正臣が何かフォローをしてくれたんだと思う。

啓介としては特におかしな行動をしたつもりはなかったけれど、周りの反応からしてたぶんそうではなかったのだろう。

そんな調子なので、啓介の意図しないところで周りに花織ちゃん好き好きオーラを振りまいていないと断言することはまったくもってできない。

それを舞花に伝えると。

「はー……やっぱり。それ絶対致命傷の一歩手前だったって。正臣くんがいなかったら社会的な死だよ、死。別にかおかおを猫っかわいがりするのをやめろとは言わないけどさー。実際かおかおはちょーかわいいし、守ってあげなきゃーっていうオーラがハンパないし」

「そうだよね！　花織ちゃんは天使の中の天使で――」

「ただもうちょいそれ以外にも視野を広げてほしいって話。ほら、けーすけが謎のミステリアスイケメンみたいなポジションだと私が窓口みたいにされるんだから。さっそくクラスの女子からけーすけのこと紹介してって言われてて私も困ってるんだぞー」

「それは、う、ごめん……」

そのことについては謝るしかない。

中学の時も、何なら小学校の時も、似たような状況で舞花に迷惑をかけることが多々あった。

「ま、他ならぬけーすけのことだから私もできるだけ協力するけどさー。でも魚心あれば水心ありっていうか。今度またスイーツインフェルノのフルーツ全部載せデンジャラスパフェでもおごってもらわないと割に合わないっていうか。ちらっ」

「わかった、おごるって」

「やった！　だからけーすけは好き♪」

そんなことを話しているうちに学校に到着した。

舞花とは違うクラスであるため、三階まで上がったところで廊下を左右に別れる。

「じゃあまたね、舞花」

「あ、そうだ、けーすけ、今日の放課後って空いてる？」

と、歩き出しかけたところで振り返って舞花が言った。

「もし空いてたらちょっち話があるんだけど、いい？　わりと大事な話」

「大事な話？　なに？」

「ん、それはその時に話すからさ。だいじょぶ？」

「うん、平気だと思う」

今日は花織ちゃんはピアノのお稽古なので、放課後は空いていたはずだ。

「そっか、さんきゅ！　んじゃまた後でねー」

そう言って舞花は廊下を走って去っていき……かけて途中で教師に廊下を走るなと注意されて「すいませーん、てへぺろ♪」と返していた。

大事な話って何だろう？

とりあえず軽い感じだったし、また英語のノートを貸してくれとか何かかな？

そんな風に何となく考えながら、啓介も教室へと向かったのだった。

3

授業は特に何事もなく平穏に進んでいった。

普通でないことといえば佐藤先生が写楽くんのクレストのかわいさについてずっと力説していて、さらには『LOVELOVE★写楽くん』フォルダに保存した写真を生徒一人一人に見せて回っていたくらいだけれど、さすがに佐藤先生のちょっとアレなヤモリフェチ具合にももう慣れてきた。

そんなこんなで、あっという間に放課後になる。

帰りのホームルームが終わり帰り支度を終えたところで。

「けーすけ、いるー？」

「舞花。ん、今行く」

教室まで迎えに来た舞花に返事をする。

と、それを見た正臣が意外そうな顔をした。

「珍しいな。今日は花織ちゃんじゃなくて東雲さんなのか」

「うん、何か話があるんだって」

「そうか。ヒマだったらいっしょにカラオケにでも行かないかと思ったんだが」

「ごめん、舞花が先約で……」

「いや、気にしないで大丈夫だ」

そういつもと同じ低めのトーンで答える正臣に手を振って、入り口で待っていた舞花のもとへと歩み寄る。

「あ、じゃあちょっと裏庭まで来てもらってもいいかな？　ここだと人が多くてちょっとあれだから」

「え、うん」

舞花が周りの目を気にするなんて珍しい。

とはいえ断る理由もなかったため、二人して移動する。

校舎の陰にあたることから日の光が遮られていてどこか薄暗い裏庭には、他の生徒や教師の姿は見当たらず、シンと静まりかえっていた。

「ん、ここならいいかな」

周りを見渡して、舞花が言った。

「あのさ……実はけーすけに、大事な話があるんだ」

「大事な話？」

朝にも聞いたが何なのだろう。

「うん。話っていうか、お願いかな」

少しだけ声のトーンを落として見上げてくる。

舞花らしくない改まった雰囲気である。

「えっとね」

「うん」

「けーすけがよかったらなんだけどさ、私に……」

そこで一度言葉を止めて真っ直ぐに啓介の顔を見ると。

「私に……付き合ってくれないかな？」

「え？」

　真剣な口調で、そう言った。

「それってどういう……？」

「そのまんまの意味だよ。私に付き合ってほしいの」

「ええと……」

　思考が一瞬停止する。

　〝つきあう〟という言葉の意味を脳内で検索する。

　突き合う、憑き合う、付き合う……

　様々な候補が出た後に一つの答えに収束するものの……どうしてもそれが舞花とは結びつかない。

　啓介が、舞花に、付き合う……？

　ほとんどキツネに頬を思いっきりつままれたような心地になっていると。

「ん、あれ？　もしかしてなんか勘違いしてる？」

　と、舞花が目をぱちぱちさせながらそう言った。

「あ、ごめんごめん、言い方が悪かったかな。付き合うって、そういう青春的な意味のじゃないんだー」

「違う……？」

「うんうん、あのねー」

舞花はにっこりと笑って。

「──ちょっと行きたいところがあるから、いっしょに付き合ってってことだよ？」

4

「わー、すごいすごい！　ちょーエモい！」

弾むような舞花の声が辺りに響き渡った。

「キホウボウだ！　知ってる？　この細長いひれすじっていう胸ビレを使って海底を歩いてるんだよ？」

「へー、そうなんだ」

「あ、こっちはタカアシガニだ！　タカアシガニは世界最大のカニで、足の長さまで含めると四メートルになるのもいるんだよー。あ、この子の甲羅の柄、ちょっとけーすけの顔に似てない？」

「それ何かの祟りみたいなんだけど……」

「あはは、目が合ったら呪われて、カニの爪を食べようとする時に絶対に身が取れないで殻の中に残るようになるやつだ」

目の前に広がる大きな水槽。

その向こうには普段見たことのないような魚や生き物がゆっくりと動き回っている。

『深海生物展〜不思議な海の底の愉快な住人たち〜』

啓介たちが訪れていたのは、デフォルメされた深海魚のイラストとともにそんなフレーズが掲げられた看板のある場所だった。

「お、出た出たメンダコ。やっぱりおまえは安定してかわいいなー。エモエモだー」

「舞花、これ昔から好きだよね」

「うん！　制服のリボンの代わりにつけて持ち歩きたいくらい」

「それはどうかと思うけど……」

「えー、いいじゃん。絶対流行るって」

満面の笑みを浮かべる舞花。

そういえば舞花は昔から水族館が好きで、よくいっしょに行っていた。

中学に上がったあたりからは舞花が部活などで忙しくなったことからだいぶご無沙汰になっていたので、そのことはすっかり頭から消えてしまっていた。

「んー、この海水の匂い、濾過装置の音、青白い照明、やっぱり落ち着くなー。来てよかった！」

「懐かしいね、この雰囲気」

「うん、ホームに帰ってきた気分っていうか。あー、ほんとよかったよ、けーすけが付き合ってくれて。この展示、絶対行きたかったんだけど今週いっぱいまでだったから、けーすけに断られたらどうしようかってすっごい悩んだんだよねー」

「？　そんなに行きたかったなら、他のだれかを誘っていけばよかったのに」

それこそ舞花には誘えば付いてきてくれる友だちがメンダコの脚でも数えられないほどいるだろう。

だけど啓介のその言葉に舞花は首を横に振った。

「んーん、これはけーすけといっしょじゃなきゃＮＧだったの」

「え、なんで？」

「えー、だって深海魚展なんてどマイナーもいいとこのスポットじゃん。こんな風に本気で面白がってくれるのはけーすけしかいないもん。やっぱりいっしょに行くならちゃんと楽しんでくれる相手の方がいいから」

そう言ってにかっと笑う。

「それは……」

そうかもしれない。

小さい頃からよく舞花の付き合いで行っていたこともあって、また単純にこういった海の生き物の生態は面白いということもあって、水族館は割と本気で好きなスポットだった。

「……それに、ほんとに好きなところは、ちゃんと行く相手くらい選ぶし」

「？」

「お、あっち、オロシザメがいる！　ほら、行こ、けーすけ」

「あ、うん」

制服の袖をグイグイと引っ張りながらそう言ってくる。

半ば引きずられるように、啓介はその後を追ったのだった。

「はー、満足満足！」

最後にシーラカンスの剥製が飾ってあった展示ゾーンを抜けて、舞花が言葉通り満足げな顔でそう言った。

「やっぱ定期的にお魚成分を補充しないとだめだよねー。お魚大好き！　ＤＨＡ大事！」

「……それ食べてない？」

「食べちゃいたいくらい好きってことだよ。あ、深海魚も食べられるんだよ？　それもけっこうおいしい」

「……食べたことあるんだ。でもまあ、舞花が楽しかったならよかった」

「うん、おかげさまでー。持つべきものは趣味と理解の合う幼なじみだね。けーすけがいてくれてほんとよかったよー」

舞花はそう言ってくれるけれど、それは啓介も同じ気持ちだった。

舞花といっしょにいる時は、何一つ気負わずにいられる。

余計な遠慮や気遣いをすることなく、家にいる時のような自然体でいられる。

他にはない確固とした安定感のようなものがあった。

「あ、お土産コーナーだ。ちょっち見ていい？」

「うん」

舞花が指さしていたのはお土産が並べられた一角だった。

海の生き物をモチーフにしたキーホルダーやぬいぐるみなどの雑貨や、クッキーやキャンディーなどの食べ物。オリジナルTシャツなんてものまである。

「わ、これかわいい。ダイオウグソクムシの靴下だって」

「へー、つま先にグソクムシのイラストがプリントされてるんだ」

「ダイオウグソクムシ好きにはたまんないよねー。あ、今度、恵里菜の誕生日プレゼントにあげよっかなー」

「それはやめておいた方が……」

「あはは、やっぱだめかー」

そんなことを話しながらお土産コーナーを回っていく。

と、舞花が何かを見つけたようだった。

「あ、メンダコのスマホリングだ！　こんなのあったんだ！」

「ホントだ」

「めっちゃよくない？　これつけてるだけでめちゃくちゃ気分あがりそう！」

メンダコがデフォルメされてじっと見つめているデザインのリングは、ダイオウグソクムシの靴下とは違って、確かに啓介が見ても普通に欲しいと思えるアイテムだった。

「だよねだよね！　決まり。じゃあ買ってくる！」

即断即決。そう言って舞花は勢いよくレジへと走っていき……かけて途中で店員さんに店内は走らないでくださいと注意されて「あはは、すみませーん♪」と返していたのだった。

5

水族館を出る頃には、辺りはすっかり夜になっていた。

とっぷりと日が暮れた街のあちこちでネオンが浮かび上がり、行き交う人たちの中にも、退勤してこれから夕飯にでも行くのか、スーツ姿のサラリーマンが多くなってきている。

「あー、今日はほんと楽しかったなー」

と、ぐーっと背伸びをしながら舞花が言った。

「こんなに思いっきり楽しめたのはひさしぶりだし。付き合ってくれたけーすけにはほんと感謝だよー」

「こんなのだったらいつでも付き合うって」

「あはは、そう言ってくれるのはけーすけくらいだよ。ありがと」

振り返りながらにかっと笑って。

「あ、そうだ、これ」

「ん？」

と、舞花が小さな紙袋を手渡してきた。

何だろうと思い開けてみると、中から出てきたのは……

「これって、あのメンダコのスマホリング？」

「うん。色違いだけどおそろいのやつ。今日の記念にって」

「そうなんだ。えっといくらだっけ――」

「あ、ストップ。これは私のおごり。今日付き合ってくれたお礼ってことで」

「え、だけど……」

「いいのいいの。そんな高いものでもないし、けーすけには普段からお世話になってるし、これからもとことんお世話になるつもりだからさ。その予約みたいな?」

手付金的なメンダコリングだった。

「そっか。そういうことならじゃあお言葉に甘えて。ありがとう」

「どういたしまして。末永くかわいがってあげてね」

「うん。あ、じゃあ早速つけてみようかな」

「あ、いいね、私も私も。メンダコ合わせしようぜー」

道脇にあるベンチに座って、二人で装着を試みる。

「あれ、んっと、うまくつかないな……ぬぬぬ……」

「ん? 空気が入らないようにしっかり押さえつければ簡単だよ」

「えっと……」

「ちょっと貸してみて」

舞花(まいか)からリングを受け取って、メンダコ(ピンク)を装着させる。

「あ、ついた」

「ほら、簡単でしょ」

「うん、ありがと」

「いいって。あ、でもこれって」

「？」

「何だか指輪の交換みたいだ」

「ほら、スマホリングがパッと見は指輪みたいだからそれを渡すのって……って、どうしたの舞花。顔赤くない？」

「！」

「……け、けーすけが急に変なこと言うからだろー！」

「？」

「ゆ、指輪って、そ、そんなまるで結婚みたいな……ごにょごにょ……」

何かおかしなことを言っただろうか。

首をひねる啓介に、舞花ははーっとため息を吐いた。

「……あー、いいや。そっか、そうだった。けーすけはそういう無自覚の女子絶対殺すムーブをするんだったもんね……」

「??」

「ひさしぶりだったからかんっぜんに忘れてた。犬にかまれたと思って気にしないことにしよ……」

何が何だかさっぱりわからない。

そんな啓介に向けて、舞花は手をひらひらと振った。

「いいのいいの。けーすけには十年経ってもわからないことだから。それよりそろそろ帰ろ。遅くなっちゃったし今日はうちでご飯食べていきなよ」

「え、いやコンビニで何か適当に買うから大丈夫——」

「だーめ。昨日もそうだったっしょ？　コンビニだけじゃ栄養が偏るって。野菜食べた？」

「『野菜一日全ぶっこみ』は飲んだけど……」

舞花が呆れたような顔になる。

「はー、けーすけは自分のことを気にしなさすぎなんだよ。料理とかちゃんとできるのに一人だとぜんぜんやる気なしだし。そのくせ人の面倒は色々見ようとしてさー。かおかおのこともそうだし。……それに、ほら、最近は和花菜さんのとこにも掃除とかしに行ってるんでしょ？」

「……あ、うん、それは」

「和花菜さん、仕事が忙しそうで家事に手が回らないのはわかるけど、大人なんだし、そこまで甲斐甲斐しく面倒を見なくてもいいような……むむ、やっぱり健全な男子高校生はああいう年上の女の人に憧れるものなの？」

「いやそれはないから」

食い気味に秒で否定した。

「過去にそういうこともあったかもしれない可能性は否定しないけど過去は過去っていうか。今は違う。間違いなく違う。あれは、そう、なんていうか小さい頃にはだれでもかかるはしかみたいなものかな。うん、そうに決まってる」

「そ、そうなんだ？　え、何かあった……？」

「……ノーコメントで」

早口の後に無言になった啓介から何かを察したのか、舞花はそれ以上は追求はしてこなかった。

「そ、そっか……じゃあまあそれはそれとしてもさ。けーすけが自分に無頓着なのは事実なんだよ。他にも思い当たる節もあるでしょ？」

「うーん……」

ものすごくある。

自分のことは割とどうでもいいというか、何なら花織ちゃんさえ笑顔でいられれば世界の大半はどうでもいいみたいなところはある。

そんな啓介に、ちょっとだけ真面目な顔になって舞花が言った。

「そういうことだから今日はおとなしくうちに来るように。けーすけのことはおじさんからもよろしくって頼まれてるんだから」

「……それは、ありがとう」

「にゃはは、どういたしまして。じゃ行こっか」

明るく笑いながら弾むような足取りで駆け出す。

その勢いで髪の毛とカバンが大きく揺れるものの、短めのスカートの裾だけは絶対にぶれない。舞花曰く何でも重心の保ち方が決め手なのだと言っていたような気がする。

「ほらほら、早くっ。今お母さんからメッセージきてて、今日のおかずは豚の生姜焼きだって。けーすけ好きだよねー！」

「そ、そんなに引っ張らなくても行くから」

「あはは、逃がさないからねー！」

腕をぎゅーっと引っ張りながらそんなことを言ってくる。

とりあえず。

舞花との幼なじみとしての関係は……これからも続いていくのだと確信したのだった。

SCENE4—②

☆幼なじみ4537日目（啓介23歳・舞花23歳）

1

「ね、けーすけ。今から空いてる？」

「ん？」

その日、勤務時間が終わって退勤しようとした啓介に。

社員通用口のところで待ち構えていたスーツ姿の舞花が、手をぶんぶんと振りながらそう呼びかけてきた。

「舞花。うん、今日は何もないけど」

「そっか。じゃあよかったらちょっと飲みに行こうよ。いいお店があるんだー」

「え、うーん、どうしようかな」

「えー、行こうよ行こうよ。金曜だからいいでしょ？」

「ん……まあいいか」

少し考えた結果、特に断る理由もなかったことから誘いに乗ることにした。

花織ちゃんとの約束などもなかったし、週末ということで疲れもたまっていたことだし、リフレッシュしたい気持ちもあった。

「やった！　それじゃ行こ！　こっちこっち」

うれしそうな声を上げた舞花が向かったのは、会社の近くにある立ち飲み居酒屋だった。

店の外まで活気があふれているいい意味で気安い雰囲気で、料理の種類が多いことから舞花がよく使っているのだという。

カウンターの席で横並びになると、舞花がうきうきした声で言った。

「私はとりあえず生ビールかな。けーすけは何にする？」

「じゃあ同じので」

「はーい。すみませーん、生二つ！」

手をあげて店員さんにそう注文する。

すぐに黄金色の液体がなみなみと入ったジョッキ二つが運ばれてきた。

「それじゃひとまず、おつー！」

「お疲れさま」

ジョッキを打ち鳴らして乾杯する。

「……ぷはーっ。やっぱりこの一杯のために生きてるよねー！」

「うん。ビールって昔はぜんぜんおいしいと思わなかったけど、最近は少し良さがわかってきた気がする」

「あ、わかるわかるー！　この苦みがくせになるっていうか」

「そういえば苦みって子どもの方が大人の三倍強く感じるんだって」

「えー、そうなん？　じゃあ苦みが好きになったってことは、私たちも少しは大人になったってことかー。うんうん」

　そう笑ってさらにジョッキを傾ける。

「あ、ほら、枝豆きたよ。食べよ食べよー。ここのは茹でた後にガーリックで軽く炒めてるからおいしいんだよ」

「ホントだ。ニンニクの風味がいい」

「でしょ？　ひと味違うんだよねー」

「ビールにすごい合う……」

「あはは、鉄板のマリアージュだよね。……あ、でもけーすけはあんま飲み過ぎちゃだめだよ？　ほら、大学三年生に上がったばっかのゼミの新歓コンパの時に、飲み過ぎてベロンベロンになっちゃったことがあったっしょ」

「え、あー……」

　その時のことは今でも苦い経験として記憶に残っている。

　同じ場にいた正臣や舞花にフォローされて何とかゾンビのように這いずりながら家に帰るこ

とはできたものの、色々と迷惑をかけてしまった。

それだけでなく……それが原因で、結果としてはじめて花織ちゃんとケンカをすることになってしまった出来事だったから。

「……わかってるって。もうあんな飲み方はしないから」

「ん、ならよろしい。ま、けーすけはお酒自体は強い方だから、普通に飲んでる分には問題ないか。……はー、おかわり！」

「舞花の方こそペース早くない？」

「だいじょうぶだいじょぶ、私はほら、なんだっけ、オケだから」

「ザルね」

そんな会話をしながら、しばらくの間ビールと料理を楽しむ。

枝豆の次に運ばれてきた牛すじ肉の煮込みも、少し濃いめの味付けがビールに合ってとてもおいしい。

あいかわらず舞花はノリがよくていっしょにいても気を遣うことがなくて、飲んでいて普通に楽しかった。

「それで、今日は何の用事？」

「ん？」

二杯目のジョッキを空けたところで、啓介は言った。

「何か用件があったからわざわざ直接来たんだよね？　ＲＩＮＥとかだと断られる可能性があったから」

その言葉に、舞花が目をぱちぱちとさせる。

「あちゃー、ばれてた？　さすがけーすけは私のことをよくわかってるなー」

「まあそこは長い付き合いだから」

伊達に二十年も幼なじみをやっていない。

「そっかそっか。じゃあ、ま、遠回しに言ってもしょうがないことだから、ストレートに言うね」

そこで舞花はジョッキをテーブルの上に置いて。

「あのさ」

じっと啓介の目を見上げると。

真剣な口調になって、こう言ったのだった。

「――あたしと、付き合ってくれないかな？」

2

「えっと……」

言われた言葉の意味が一瞬わからなかった。

舞花と付き合う？

啓介が……？

付き合うって、どういう意味だっけ……？

すでにアルコールが入っているせいもあり脳が真っ当に動いていないというか、付き合うという単語がゲシュタルト崩壊を起こしかけている感じというか。

……と、そこまで考えて思い直す。

そういえば昔も、こんなことがあったような覚えがある。

あれは確か水族館でやっていた深海魚展に誘われた時。

あの時も確か舞花に付き合ってくれと言われた。

だとすれば……今回もおそらくそれと同じような意味合いのものなのだろう。

何だそういうことかと納得する。

「ん、わかった」

「え、ほんと！」

「うん、それくらいならいつでもいいっていうか」

「そっか、よかったー。ほら、けーすけはいつでもかおかおが世界の中心で愛を叫んでる感じだからほぼほぼ断られるかなーって思ったんだけど……」

「花織ちゃん？」

どうしてそこで花織ちゃんが出てくるんだろうか。

いや啓介にとって世界の中心が花織ちゃんであることには間違いないのだけれど。

話の流れがつかめずに頭の上にハテナマークを浮かべていると、舞花が言った。

「だって、けーすけに彼氏になってもらうなんて聞いたら、かおかお、絶対いい顔しないでしよ？ 泣いちゃうまであるかも。それなのに受けてくれるなんてほんっとさんきゅー！」

「…………はい？」

言われた言葉の意味がわからなかった。

彼氏になってもらう？

だれが、だれの？

状況が理解できずに、頭の中でグルグルとその言葉だけが回る。

すると。

「そんなの決まってるじゃん」

舞花が啓介をじっと見上げながら言った。

「――けーすけが、私の、だよ」

「……」

「……」

「ええと……」

額に手を当てながら、啓介は考えを巡らせる。

やはり何を言われているのかわからない。

「……ちょっと待った。何でそんなことに？　またどこかで深海魚展がやってるから付き合ってとかじゃなかったの？」

「え？　あはは、なに言ってんの、そんなのないない。リュウグウノツカイがルアーで釣れるくらいないって。付き合うっていったら普通彼氏彼女ってことでしょー」

「……」

たとえがいまいちよくわからないのと、そのあり得ないことを実践したのが他ならぬ八年前の舞花自身なんだけど……という言葉をグッと啓介は飲み込んだ。

今大事なのはそこじゃない。

「……言いたいことはわかった。だけどどうして突然そんな……？　今までそういう素振りは……」

見せていなかった……と思う。

たぶん、おそらく、だけれど。

その啓介の言葉に、舞花の声のトーンがすっと落ちる。

「そっか、けーすけ……ずっと気づいてなかったんだね……」

「舞花……？」

「そうだよね。けーすけはいつだってかおかおにどハマりしてて、ウルメイワシレベルで他の子のことなんてこれっぽっちも目に入ってなかったもんね。でも、私、ずっとけーすけのこと……」

「え、あ……」

目を潤ませながらそう口にする舞花に、どういう反応をすればいいのかさっぱりわからない。

空になったジョッキを手にしたまま固まる啓介に。

「……ぷっ」

「え……？」

「……って、あはは、ごめんごめん。今のは冗談。けーすけの反応が面白いからちょっちからかっちゃった」

舞花が笑いながらそう言った。

「冗談……？」

「うん。あのね、付き合ってほしいのは確かなんだけど、そういうんじゃないの」

だとするとどういうことなのだろうか。

意図がわからず困惑する啓介に。

「えっと、正確に言えば……彼氏のふりをしてほしいってことなんだ」

「彼氏のふり……？」

「うん。だめかな？」

「……ますます事情がわからないんだけど」

「あー、うん、それはね」

そこで舞花は啓介に顔を寄せると、小声でこうささやいた。

「あのさ……実はちょっと前から、その、私のことを好きだって言ってくれる人がいるの。社会人サークルで知り合った人で、ありがたいなーって思うけど、そういう相手じゃないっていうか……。断ったんだけど、あんまりこっちの言うことを聞いてくれなくて……」

「……あー……」

その説明で何となく事情が飲み込めたような気がした。

舞花は昔から異性に人気がある。

明るく親しみやすいキャラだし、見た目も幼なじみのひいき目なしでかなり良い方だと思うから、それも当然とは言える。

ただ時々、その距離感の近さや話す時に人の目を真っ直ぐに見るクセなどから、勘違いする相手もいることは知っていた。

とはいえ舞花はその辺は基本的にはうまく立ち回るので、そこまで面倒な状況になることはめったになかったのだけれど……

「今回、失敗しちゃったみたいなんだよねー。相手の人の思い込みが強かったっていうか、なんか私に幻想見ちゃってるっていうか……だからごめん、迷惑だとは思うけど助けてくれないかな……！」

顔の前で両手を合わせてそう頭を下げてくる。

「わかった。そういうことなら協力する」

「え、ほんと？」

「うん。舞花のことは放っておけないし」

日頃から色々と世話になっている幼なじみだ。

その舞花が困っているなら助けないという選択肢はない。

その啓介の言葉に、舞花はぱあっと表情を輝かせた。

「よかった……ほんとにありがとっ！　お礼は絶対するから」

「そんなのいいって。お互い様っていうか。それで彼氏のふりって、いつすればいいの？」

「あー、うん、それなんだけどね」

「うん」

「実は今も……そこにいるんだよね」

「……え？」

「ほら、あそこの角の席。眼鏡をかけた男の人、いるでしょ？」

舞花がそっと店の奥を指し示す。

するとと確かにそこにいた。

仕立ての良さそうなスーツをカッチリと着こなした、立ち飲み居酒屋にはそぐわない真面目そうな男がチラチラとこちらの様子をうかがっている。

「……あれが？」

「……うん、そう。さっき気がついたんだけど、どうも会社を出たところから付いてきちゃってたみたいで……」

「……」

それって半分くらいストーカーになってない……？

今のところはただ見ているだけで何かをしようとするような雰囲気ではないけれど……

「だからいつからって言われたら今からかな。ナウ？　リアルタイム？」

「わ、わかったよ。いきなりだけど……」

とりあえずやるしかない。

戸惑いながらもうなずき返した啓介に、舞花はほっとしたようにこう口にしたのだった。

「――ありがとう、よろしくね、ダーリン♪」

3

「でも彼氏のふりって、具体的にどうすれば……？」

いきなり本番スタートとなっても準備がまったくできていない。

すると舞花は「んー……」と少し考える素振りをした後、身体を寄せてきた。

「基本はいつも通りでだいじょうぶかな。ただちょっと距離を近くしたり、恋人同士でしかやらないことをやったりすればいいんじゃない？」

「それが難しいんじゃないか……？」

「平気平気。ノリと流れで何とかなるっしょ」

明るい調子で笑う。

こういう風に物事を楽観的にとらえるのは舞花のいいところであり色々とトラブルの元となるところでもあるというか……

「あ、このハツの山椒揚げ、おいしい」

と、新しく運ばれてきた料理を口に運びながら舞花が顔を綻ばせた。

「コリコリしたハツとネギのシャクシャクな歯ごたえがすっごい調和してて、そこに山椒のいい匂いがもうたまんなーい。けーすけも食べてみない？」

「あ、じゃあもらおうかな」

「うん。はい、あーん」

「！」

そんな声とともに差し出された箸に、啓介の動きが止まる。

「ほら、あーん」

「……」

「あーん」

「……」

（ちょっとちょっとけーすけ、フリーズしてるよ。あーんとかは付き合ってる二人の定番ムーブでしょ？）

（そ、そうだけど、いきなりすぎて）

（世の中のたいていのことはいきなり起こるものだよ。ヒグマに襲われるとか）

（そんな不穏なイベントと同列なの⁉）

（じゃあ日本沈没？　隕石衝突？）

（もっと悪くなった⁉）

（それにこれくらい幼稚園の時からやってるでしょ？　今さらじゃん）

それはそうなのだけど。

ただ普段とは違い付き合っているという体でこの「あーん」をしているのかと思うと、何だかムダに意識をしてしまう。

とはいえここでためらうのは色々とよくない。

覚悟を決めて、啓介は目の前のハツに向けて口を開いた。

「あ、あーん……」

「どうどう？」

「ん……おいしい」

「でしょー？　絶対けーすけは気に入ると思った。あ、お返しにけーすけのそれもひとくちちょうだい」

啓介が注文していたカキフライを指して舞花が言う。

「うん、いいよ」

「……」

「……」

「ええと……」

目の前で口を開けて小鳥のように何かを待ち構える舞花。

まさかと思うけどこれは……

「あーん♪」

やっぱりそういうことだよね……

内心で大きく息を吐きつつ、啓介は箸でカキフライをつまんで差し出した。

「ほら、あ、あーん」

「あーん……ひょいぱく。お、こっちもいけるねー。おかわりおかわり」

本当に嬉しそうに笑みを浮かべる舞花に、おかわりのあーんを追加する。

何だかこうしていると小鳥にエサをやっているみたいだ。

昔飼っていたセキセイインコのオカメちゃんを思い出して少しばかりしんみりとした気持ちになっていると。

「……？」

と、そこで視線を感じた。

チラリと見てみると、角の席から男がじっとりとした視線で啓介たちを見ていた。

とりあえず良くも悪くも意識はしてくれているみたいだ。

これだけやって何の効果もなかったらそれこそムダ恋人ムーブもいいところなのでそれはいいのだけど……

「はい、この鶏の唐揚げもひとつあげる。あーん」

「あ、けーすけ、口のところにタルタルソースがついてる。とったげるね？　ぱくっ」

「ねえねえ、この二人で仕上げるポテトサラダ、頼んでみない？　ほら、二人の初めての共同作業だよ♪」

手かげんなしにさらに攻めてくる舞花。

その度に、どんどんと視線の圧が強くなってきているのが怖い。

おまけに何かブツブツと「生まれ変わったらあの箸になりたい……」とか「舞花たんがデレてる……」とか「あいつをサハラ砂漠に異動にしてやりたい……」なんてつぶやく声までもが啓介たちのところまで聞こえてきて……だ、大丈夫かな、これ、呪われたりしない……？

寒気を覚える啓介に、舞花が耳打ちをしてきた。

(だいじょうぶだいじょうぶ。えっと、たぶんなんだけどあの人、私のこと清楚でおしとやかで慈愛あふれる女神様みたいな存在だって思いこんじゃってるから)

（すごい壮大な勘違いだ……）

（うるさい深海に沈めるぞ。とにかくそんなだから、もう一押し素の私を見せて思ったのと違うってことがわかれば目を覚ましてくれると思うんだよねー）

（もう一押しって？）

（……んー……）

（……）

（……こういう、感じかなー……）

（え……？）

ぽすん……

そんな小さな音とともに、舞花(まいか)の頭が啓介(けいすけ)の肩に乗せられた。

軽い重みがもたれかかってきて、同時に柔らかな髪の感触と、昔よりも大人びた甘い香りが立ち飲み屋の雑多の空気の中にふわりと漂う。

「ちょっと……酔っちゃったかな……」

「え、ええと……」

「ふふ、やっぱりけーすけの肩は落ち着くなー。こうしてるだけですごく安心できて、胸の奥がじんわりってしてくるよー……」

「……」

「……うん、私、けーすけの匂い、好きだな……ずっと……こうしてたいかも……」

甘えたような口調でそんなことを言ってくる。

もちろん演技だということは百も承知だけれど（そもそも舞花は崩れるほど酔わない）、アルコールが入って少しだけ紅潮した頰と、すぐ近くにある唇から漏れる普段とは違う吐息が気になって、何だか調子が狂うというか……

「……」

何だろう。

舞花の表情がいつもとは違うように見える。

立ち飲み屋の照明や彼氏の振りをしているというシチュエーションが影響しているのもあるのだろうけど、それを踏まえても違いすぎるというか、まるで啓介のぜんぜん知らない女性が隣にいるように思えて……

「……ねえ、けーすけ……」

「え？」

「あのさ、私……」

そうささやくように口にして、そっと目をつむり顔を上げてくる。

「舞花……？」

「私、けーすけなら……」

そのまま舞花の顔がゆっくりと迫ってくる。

目の前にあるのは、目を閉じた舞花の整った顔と桜色の唇。気のせいか、さっきよりも頬が紅潮しているように見える。

え、これどうしたらいいの……？

予想外の展開に啓介が石像のように動けなくなる。

その時だった。


「舞花たん……」


気がつくと、男がテーブルのすぐ脇にいた。

「！」「……っ……！」

いつの間に……⁉

不意の接近に思わず固まる。

まずい、何か儀式用の蛙でも投げつけられたりするんじゃないのか……！

とっさに舞花をかばって身構える啓介に。

「……非常に残念です」

「え……？」

「舞花たんのことは魂の波動で結ばれた女神みたいな存在かと思っていました。だけどそれは勘違いだった。僕の前世の運命の相手は舞花たんじゃなかったみたいです。僕のミューズはこんな風に人前でサキュバスみたいな破廉恥な行動をしたりしないですから」

「は、はぁ……」

「正直見当違いでした。なので悲しいですがあなたとは付き合えません。もう二度と会うことはないでしょう。さようなら」

「あ、はい、さようなら……」

ぽかんとなる舞花の前で、そう深々と頭を下げて、男は店を出ていった。

後に残された啓介と舞花は顔を見合わせる。

「な、何とかなった、のか……」

「え、えーと、とりあえず目は覚ましてくれたみたい……？」

「あのさ、社会人サークルで知り合ったたって言ってたけど何の……？」

何となく想像はついたものの訊いてみる。

すると舞花からは、納得の答えが返ってきたのだった。

「えっと……なんかスピリチュアル系のやつ？　前世の縁とか運命が現世に及ぼすラブフォーチュン的な影響がどうとか……。ぜんぜん興味はなかったんだけど、同じ部署の子がどうしてもっていうからお試しで行った感じのやつかな」

「なるほど……」

啓介としては、ただうなずくしかできないのだった。

4

「はー、いい風だー！」

両手を広げて舞花が声を上げる。

店の外に出ると夜の空気は涼しくて、昼間よりもだいぶ過ごしやすかった。

そよそよと優しく吹く風が、ビールで少し火照った身体にじんわりと染みこんできて気持ちがいい。

立ち飲み屋を出た啓介たちは、酔い覚ましと、あの男がまだつけてきていないかのいちおうの確認も兼ねて、駅までの道を歩いていた。

「あ、観覧車だ」

ビルの合間から見える虹色の光を指さして舞花が言った。

「見てみて、ライトアップしてる！　きれー。あれって遊園地の観覧車だよねー。ドーム球場の近くにある」

「あー、あれってそうなんだ」

「方向的にそうじゃないかな？　ちょっと前にかおかおと乗ったって言ってなかったっけ？

あ、そういえばあの観覧車って、確か……」

「？」

「あ、んーん、何でも」

ふるふると首を振る。

「それより今日はほんとにありがとねー。助かっちゃったよ、付き合ってくれて」

「ん、いいって。けど深海魚展の時といい今回といい、色々紛らわしいというか……」

「あはは、それはごめんごめーん。深海魚展もそうだったけど、こんなこと頼めるのほんとけーすけしかいなかったからさ」

「いいけど……」

色々あったものの、困っていた舞花を助けられたのなら結果オーライだ。

「それに……」

そこで舞花は啓介に背中を向けて。

少しだけ声を小さくすると。

「私だって……何とも思ってない相手にこんなこと頼まないよ」

「？　私だって、なに……？」

「……なんでもなーい。聞こえないように言ったからいいの。はー、もう、かおかおの気持ちがほんっとよくわかるよ」

「⁇」

「そこはもう鈍感けーすけは気にしなくていいから。あ、そうだ。どうせだから観覧車の写真撮っていい？　エモエモだからインステに載せよっかなって」

「あ、うん」

「よーし、映えるの撮るぞー」

バッグからスマホを取り出してカシャカシャと写真を撮り始める。

ちなみに舞花のインステのフォロワー数は一万人以上いるとか。啓介は五人だ。

と、そこであるものが目に入った。

「ん、それって？」

「あ……」

チラリと見えたスマホの裏側についていた落下防止用のリング。

つぶらな瞳のメンダコが見つめてくるそれは……深海魚展に行ったあの時に買ったものだった。

「まだつけてたんだ、それ」

「う、い、いいじゃん、かわいいんだもん。子どもっぽいかもだけど、愛着があるからなかなか替えられないんだよ。わ、悪い？」

少しだけ恥ずかしそうに言う舞花に、啓介は首を横に振った。

「ううん、ぜんぜん。だって僕もつけてるし」

「え？」

「ほら」

ポケットからスマホを取り出して見せる。

その裏側には舞花のスマホについているのと同じ、ただし色違いのメンダコが張りついていた。

「な、何だよー。結局けーすけも気に入ってるんじゃん」

「？」

「普通に使いやすかったし、それに」

「舞花がくれたものだったから。それは大事に使うって」

「……っ……!?」

その言葉に舞花が弾かれたように身体をのけぞらせる。

「ま、またそういうことを突然ぶっ放してくるー！　北九州市のロケットランチャーか……！」

「？」

「あー、も、もう……ほんとに十年近く経ってもここまで自覚がないなんてさすがの私も思わなかったよ……」

顔を手で覆いながらその場にしゃがみこむ。

なんか以前にもそんなことを言っていたような言っていなかったような……

それに何だか顔も赤いように見えたので大丈夫なのかと確認すると。

「だ、だいじょうぶ！　ひさしぶりにお酒飲んだから、少し酔っちゃったんだよ、きっと！」

「え、じゃあもう帰ろうか？」

「！　あ、あー、でもなんかいい気分になってきちゃったからもう一軒行こっか？　いいバーがあるんだー」

「酔ったんじゃ……？」

「もう覚めた！　ぜんぜん覚めた！　いいからいいから。ほら、ここからは私のおごりってことで。金曜の夜はまだ長いんだよー？」

完全に情緒不安定だ。

でもまあ……いいか。

舞花の様子から体調が悪いとかそういうのではなさそうだし、確かにさっきの店では男をどうしようかばかりに注意がいってしまって途中からはあんまり飲んだ気がしなかった。

それになんだかんだ言って、こうして舞花と他愛もないことを話して笑っている時間は楽しい。

どれだけ時間が経っても、これ以上ないくらいの自然体でいられる。

今週はあまり花織ちゃんと会えていないのだけが気がかりだったけれど、日曜日にいっしょに猫を見に行く予定だから、枯渇している花織ちゃん成分はそこで補充できるはずだ。

「わかった。もう一軒だけ行こうか」

「やったー！　けーすけはこれだから好きー！　行こ行こ！」

そう言ってうれしそうに啓介の腕をぎゅーっとつかんでくる。

「そ、そんなに引っ張らなくても行くから」

「あはは、逃がさないからねー！」

楽しそうにそう声を上げる。

週末の夜は始まったばかりなのだった。

SCENE

2

『花織ちゃんとデートと観覧車②』

SCENE2―②

☆幼なじみ5220日目（啓介25歳・花織17歳）

＊

観覧車がゆっくりと上っていた。

ゆらゆらと揺れながら、少しずつてっぺんへと近づいてきている。

三百六十度開かれた窓からは、キラキラと光る東京のきらびやかな夜景が見えた。

眼下にはライトアップされた大きなドーム型の球場が広がっていて、冬でシーズンオフの今は、主にイベントやライブの会場などに利用されているようだ。

「ここに来るのってずいぶんひさしぶりだよね。三年ぶりくらいかな？」

「……ん、そだね」

啓介の声に花織ちゃんが答える。

「前に来た時は……そっか、まだ花織ちゃんが高校に入学したばっかりの頃だっけ。それがもう卒業なんだから、早いなあ……」

「……」

「？　どうしたの？」

何だか花織ちゃんの元気がない。

元気がないというか、反応がちょっと鈍い感じで、いつも明るく活動的な花織ちゃんにしては珍しい。もしかしてあんまり体調が良くないとか……？

心配して啓介がそう問いかけると、だけど花織ちゃんは首を横に振った。

「……んーん、だいじょうぶ。そういうんじゃないの」

「でも……」

思えば少し前から様子がおかしかった。

夕飯を食べて周囲のイルミネーションを回っているあたりから口数が少なくなって、話しかけてもどこか上の空であることが多くなっているような気がする。夜景に見入っているとかそういうことでもなさそうで、落ち着かない素振りだ。

「もし本当にどこか具合が悪いようなら言って。今日はもうお開きにして帰ろう――」

「――あのさ」

「え？」

と、そこで啓介の言葉を遮るかのように花織ちゃんが顔を上げた。

「あの、今からケイ兄に大事な話があるんだけど、いい……?」

「え、うん」

大事な話……?

首を傾ける啓介に、花織ちゃんは続けた。

「あの、ね……」

「……」

「あのね、私……ケイ兄のことが好きなの」

「ん、そっか。うん、僕も花織ちゃんのことが好きだよ。家族みたいにすごく大事に思ってる」

「そ、そーいうんじゃなくて!」

「え……?」

「わ、わた、私は……」

そこできゅっと胸の前で手を握りしめると。

真っ直ぐに啓介の目を見て、これまで見た中でも一番じゃないかってくらい真剣な眼差しで、こう言い放ったのだった。

「私は……い、異性として、い、い、ケイ兄のことが好きなの……っ……! か、家族とか、妹としてとかじゃなくて、女の子としてケイ兄と付き合いたい……彼女になりたいって思ってるの……っ……！」

SCENE 5

『花織ちゃんと新歓飲み会』

SCENE5—①

☆幼なじみ5254日目（啓介26歳・花織18歳・和花菜3X歳・舞花26歳）

1

その日、菜々星家の玄関先は緊張した空気に包まれていた。

近所の家からカレーの匂いが漂ってくる土曜日の夕方。

家の前の道路では子どもたちが遊んでいて、どこからかテレビの音が聞こえてくる。

そんな本来であればどこかのどかとも言える光景の中……啓介は深刻な表情で、出かける支度をした花織ちゃんと向き合っていた。

「どうしても行くんだよね……？」

「う、うん……」

「土曜日の夜をいっしょに映画鑑賞会をして過ごそうっていう誘いを蹴って……」

「そ、そんなペットホテルに置いて行かれちゃうのをうらめしそうに見る大型犬みたいな目をしないでって。しょうがないんだから……」

花織ちゃんが微妙に目を逸らしながらそう言う。

「わ、私だって心苦しいんだよ？　ケイ兄と、その、二人でまったりしながらいっしょに『ガイガニック』とか『フラワースタンドみたいな恋をした』とか見てたいよ？　でも第二外国語クラスの新歓飲み会なんだから、出ないわけにはいかないっていうか……」

「それはわかる、わかるんだけど……」

そう、今から花織ちゃんが向かうのは大学のクラスの飲み会だ。

これからおよそ半年間同じ授業を受けることになるクラスメイトたちと親睦を図るもので、出席しておいた方がいいということは啓介も理解はしている。

それでもなかなか割り切れない。

だって啓介は知っている。

大学の飲み会なんてほとんど野獣の巣窟だ。

あわよくば女子とうまいことどうにかなってしまおうと考える飢えた男とその予備軍しかいない（偏見）。

そんな中に生まれたての無防備な仔ウサギみたいにかわいい花織ちゃんを解き放つなんて、ほとんどサファリパークのライオンエリアに一人で行かせるみたいなものだ。

「ダメだ、やっぱり心配だよ。僕もいっしょに行く――」

「それはＮＧ」

ばっさりと切り捨てられる。

「大学のクラスの飲み会なんだから。普通に考えて行けるわけないでしょ？」

「うう……」

正論オブ正論だった。

まったくもって花織ちゃんの言う通りなので何も言えない。

「もー、ケイ兄の心配性は今になってもぜんぜん治らないよね。でも、うん、心配してくれてありがと。飲むのはソフトドリンクだけにするし、できるだけ早めに帰ってくるから」

「……うん……」

「だいじょうぶ。今の私が、ケイ兄以外のだれかを気にすることなんて絶対にありえないもん。行ってくるね」

そう言って花織ちゃんは手を振りながら出かけていった。

その後ろ姿を、啓介は力なく見送ったのだった。

新歓飲み会。

それは大学入学直後のキャンパスでは必ず行われるものであり、その種類も多岐にわたる。

サークル、ゼミ、研究室、花織ちゃんが今日参加するような特定の授業の集まりなどなど。

そのどれにも出ることなくこの時期を過ごすというのはかなりレアケースであり、啓介自身もおよそ八年前に体験済みだった。

ただ……さっきも啓介が述べたように、色々と問題があることも事実だ。

特に大抵の学生はそれが初めてのちゃんとした飲み会になることが多く、必然的にお酒を飲む初めての場となることも少なくない。

ゆえに色々と加減がわからずにトラブルになることも珍しくはないわけで……

「あぁあああ……心配だ……」

ベッドの上でダンゴムシのように悶えながら、そうつぶやいたのだった。

2

「……遅いなぁ……」

スマホの画面を確認しながら、啓介はそうつぶやいた。

時刻はもう午後十時だ。

確か開始時間は六時だと言っていたから、すでに四時間近くが経ったことになる。

「……いいかげん終わっててもいいはずなのに……」

二次会にでも行くことになったのだろうか。

でもそれならそれで、花織ちゃんなら連絡の一つくらい入れてくれそうに思える。

通話して確認したい衝動に駆られるも、出がけに花織ちゃんに念押しされた「いーい、ケイ兄、今日は〝待て〟だからね？　帰る時にこっちから連絡入れるから、それまではガマンしてて。ね？」との言葉を思い出し、考え直す。

大丈夫、あと一時間もすればきっと帰ってくる。帰ってくる……

「……」

時間を確認するも、まだ五分しか経っていない。一分が経つのが遅すぎる……

ダメだ、このままじゃガマンできずに連絡してしまう……！

一人で悶々としている時間に耐えられなかったので、舞花に連絡してみることにした。

『もしもし、どうしたの、けーすけ？』

『花織ちゃんが、花織ちゃんが帰ってこないんだ……！』

『は？』

『大学の新歓飲み会に行ってそのまま……』

『飲み会……？　ってまだ十時じゃん。電車だってぜんぜんあるし、気にするような時間でもなくない？』

『それはそうだけど、でも花織ちゃんはかわいいから……』

『はー……あいかわらずド過保護だなー』

呆(あき)れたような声音が返ってくる。

『かおかおが大事なのはわかるけどさ。かおかおにだってかおかおの付き合いがあるんだから、そういうところはちゃんと大人の余裕ってやつを見せとかないとタングステンみたいに重々になっちゃうよ？』

『う、それは……』

『それに飲み会だからって心配してるけどさー、ほら、私だってかわいいけど別にゼミの新歓の時に何も起こらなかったでしょ？』

『舞花(まいか)は自分から飲みまくって先輩とかを片っ端から潰して引かれてたでしょ……』

先輩たちが一人また一人とダウンしていく中、一人で三升（五・四リットル）くらい飲んでいたと思う。

翌日からついたあだ名が〝八岐大蛇(やまたのおろち)〟だった。

『あ、あははー、そうだっけ？　あんま覚えてないなー』

『……』

『と、とにかく、心配かもしれないけどここは静観しといた方がいいと思うよ？　舞花(まいか)さんからのアドバイス。向こうからなにかリアクションがあるまで待機の一手かなー。……ていうか、今のかおかおとけーすけの関係で、それを私に聞くのもどうかと思うけど』

『……うん……』

『じゃあ私はこれから通ってる日本酒バーに飲みに行くから。まったねー』

そう言って通話は切れた。

舞花の言っていたことは一から十までその通りだ。

内容的にまったくもって非の打ちどころがなくて、これ以上ないくらい正しい。

とはいえ頭ではわかっていても感情的にはその通りにはいかないのが啓介の花織ちゃんに対するパッションなのであって……

と、そこでスマホがヴヴヴと振動した。

「！」

花織ちゃんからの連絡キター！　と思って秒で通話に出てみたところ。

『あ、もしも〜し、起きてた、啓介く〜ん』

『……』

受話口の向こうから聞こえてきたのは、期待していたのとはぜんぜん違う声だった。

『和花菜さん……？』

『せいか〜い。美人で博識で気立てもいいみんなの憧れのお姉さん、和花菜さんで〜す♪』

『……もしかして酔ってます？』

『え〜、そんなことないわよ〜。昔の啓介くんの写真を見返しながらまったりと日本酒の〝美少年〟を飲んでただけだから〜』

完全にできあがっている陽気な声音だった。

啓介のテンションが一気に落ちる。

『何か用ですか？　ちょっと今、連絡を待っているところなので……』

『え、私からの連絡を待ってたの～？　すご～い、以心伝心～？』

『いえ違いますって。日本語通じてます？』

『ううん、私にはわかるわ。啓介くんは心の底では私からの電話を待ってたのよ～。これはもう運命って言ってもいいんじゃないかしら？　あ、『マイスイートプリンス★啓介くん（十二歳）』フォルダ⑯の啓介くん、かわいい……♪』

ダメだこれは。

脳の中枢にまで手の施しようがないほどアルコールが浸食している。

『いいからヘパリーゼでも飲んで寝てください。それじゃあ』

そう言って一方的に通話を終える。

酔っ払っている時の和花菜さんを相手にしてもいいことがミジンコほどもないのは、この十年以上の付き合いで身に染みてわかっている。

すると三秒と間を置かず再びスマホが振動した。

『……はい』

『いきなり切るなんてひどい～。もしあれが家で突然倒れてて助けを求める通話だったらどうしてたの～？』

『救急車を呼びます』

『う、ドライな対応……あ、わかった～。もしかしてそういうプレイ？　お姉さんを焦らして興奮してるみたいな――』

『ウコンでも飲んでとっとと寝てください。じゃあ』

通話を切る。

今度は一秒と経たずにスマホが振動した。

『もしもし』

『今の言い方、きついけどしびれちゃった。ちょっとS風味だけどそういう啓介くんも嫌いじゃない――』

『寝ろ』

プツッ。

ホントにもう、あの人は……

別に普段だったらいくらでも付き合うところだけど、今は状況が状況だ。

和花菜さんの与太話を聞いている間に花織ちゃんから連絡がありでもしたら目も当てられない。

と、再度スマホが振動した。

いいかげんこれは着信拒否にしてしまおうか……と思い啓介がスマホを手に取ったところ、そこにあったのは和花菜さんの名前ではなかった。

〝本条さん〟

ディスプレイにはそう表示されていた。

慌てて応答拒否ではなく通話ボタンをタップする。

『はい、もしもし』

『あ、け、啓介さんですか。夜分遅くにすみません。本条です』

『本条さん？　どうしたの？』

本条さんは花織ちゃんと同じ大学に進学していて、今回の第二外国語クラスもいっしょだと聞いていた。

どうしてその本条さんから通話が……？

何かあったのかと怪訝な表情になる啓介は、次にスマホから聞こえてきた言葉に思わずベッドから飛び跳ねるように立ち上がった。

『あの、実は花織ちゃんが大変で……！』

3

新歓飲み会が行われている居酒屋に啓介がたどり着いたのは、連絡を受けてからわずか十五分後のことだった。

通話を終えるや取るものも取りあえず家を出て、全速力で向かったのだ。

学生街にあることから雑多とした雰囲気の店内は、週末ということもあり、たくさんの学生たちでごった返していた。

「花織ちゃんは……！」

その中から見知った顔を捜し出す。

片っ端から席に視線をやっていると……いた！

「本条さん！」

座敷の席の奥に何人かの女子といっしょにいた本条さんのもとへと駆け寄る。

「あ、啓介さん、来てくれたんですね。ありがとうございます」

「こっちこそ連絡ありがとう。それで花織ちゃんは……？」

「あ、はい、そこに……」

本条さんが指さした先。

そこには……

「わ～、ケイ兄だぁ……なんでいるの～？」

とろんとした目をしながらぽわぽわとした笑みを浮かべて、壁にもたれかかる花織ちゃんの姿があった。

「花織ちゃん、大丈夫なの……？」

「え～、なにが～？　私は元気だよ～？　いつでも元気でケイ兄大好きな花織ちゃんなのです～♪」

「……。ええと……」

「あの、見ての通りといいますか……ちょっとお酒が回ってしまったみたいで……」

満面の笑みでダブルピースを披露する花織ちゃんの横で、本条さんが困ったような表情を浮かべる。

「え～、理香ちゃ～ん、私ぜんぜん酔ってないよ～。ていうかお酒ってジュースみたいでおいしいね～。いえ～い」

「さ、さっきからずっとこんな感じなんです……レモネードと間違えてレモンサワーをまるまるグラスいっぱい飲んじゃって……。本人はだいじょうぶだと言っているんですが、とてもそうには思えないっていうか……」

「あー、うん……」

これは確かに……

飲んでしまった量自体は多くないとはいえ、少なくともノーマルな状態の花織ちゃんじゃない。

「大丈夫、菜々星さん……？」

「お水飲んだ方がいいのかな……？」

「寒くない？　上着かけようか？」

周りの女子たちも心配そうにそう言ってくる。

というか花織ちゃん、酔うとこういう風になるんだ……

「ええと花織ちゃん、とりあえず立てる？」

どの程度酔っているのか状態を確かめるために手を取ろうとして。

ぽすん。

花織ちゃんの小さな手が啓介の手の上に重ねられた。

「……？」

「えへへ、おて～♪」

「あの花織ちゃん……これはそういうことじゃなくて」

「ケイ兄、好き～、ごろごろ～♪」

「か、花織ちゃん？」

「にゃんにゃんにゃ～ん……♪」

鳴き声を上げながらそのまま啓介の胸にぎゅーっと抱きつくと、とろけるような笑みを浮かべながらすりすりと頬をすり寄せてくる。

「わ～、あったか～い……抱き枕みたい……えへへ～、ケイ兄の匂い、好き～……♪」

「……」

心を許した仔猫みたいにくんくんとさせながら甘えてくる花織ちゃんかわいい……と思うものの、ここは居酒屋の座敷、公共の場所だ。

花織ちゃんのプライベートな甘々モードの姿を必要以上にさらすわけにはいかない。

それにさっきからチラチラと遠巻きにこちらの様子をうかがっているおそらく同じクラスだろう男子学生たちの視線も気になるし。

ここはこうなったら……

「花織ちゃん、ちょっと力を抜いて？」

「え～、なに～？」

「……ん、っと……」

　脱力した花織ちゃんの背中と足に啓介は手を回すと。

　腰に力を入れて、そのまま一気に抱き上げた。

「わぁ、お姫様抱っこですね……♪」

　本条さんが目をキラキラさせながら弾んだ声を上げる。

「ごめん、こんな状態だから花織ちゃんを連れて先に帰らせてもらうね。お金は置いていくから足りなかったら後で言ってもらえると」

「あ、はい、だいじょうぶです。こっちのことは気にしないでください」

「ありがとう、助かる」

　そう言ってそのまま座敷から出るべく出口へと歩き出す。

　周囲から飛んでくるたくさんの視線。

　と、そこでとうとうガマンできなくなったのか、遠巻きにしていた男子学生たちの一人が声をかけてきた。

「あ、あの……」

「？」

「え、ええと、失礼なんですけど、菜々星さんのお兄さんか何かですか……？」

　もっともな疑問だった。

　本条さんとは顔見知りとはいえ、突然やって来て酔っ払った花織ちゃんを抱き上げてその場

から去って行くなんて、啓介から見てもあれはだれかと思う。

だからその問いに。

啓介は……ハッキリとこう答えた。

今の啓介と花織ちゃんの関係性を。


「――僕は花織ちゃんの彼氏なんだ」


「！」

その返答に男子学生たちが一斉にざわめき立った。

「菜々星さんの……？　え、彼氏いたの……？」

「マジか……い、いやでもそりゃあそうか、こんなにかわいいもんな……」

「えええ……ショックなんだけど……」

「まあお似合いと言えばお似合いかぁ……ん、でもけっこう歳が離れてるような……？」

様々なリアクションが返ってくる。

とはいえ啓介が花織ちゃんと付き合っていること……それは事実だ。

今からほんの一ヶ月ほど前、観覧車で告白されて……悩みに悩んだ結果、その気持ちに応えることに決めたのだ。

「あ、じゃあ飲んでる時にずっと話してたケイ兄っていうのがこの人……？」

「年上のかっこよくて優しくて大好きな幼なじみがいるって大絶賛だったけど……」

「歳が離れてるから兄妹みたいな関係かと思ったのに……」

「あれってそういう意味だったのか……はぁ……」

ため息とともにそんな声が漏れ聞こえてくる。

と、それが聞こえていたのか、腕の中の花織ちゃんがにへらと笑って。

「そうだよ～。ケイ兄は私の自慢の彼氏なのです～♪」

ぎゅーっと首元に抱きつきながらそう言った。

「……本当に彼氏なんだな……」

「あんなとろけた顔した菜々星さん、初めて見た……」

「もういい、今日は飲みまくってやる……！」

「うう、お幸せに……」

男子学生たちの空気が完全にお通夜だ。

花織ちゃんはかわいいからこういった反応はある程度は当然とはいえ、入学からさほど時間が経っていないのにこの人気はさすがの天使っぷりだった。

そんな周囲の嘆きも露知らず、啓介の首元に抱きつきながら「にゃんにゃ〜ん、ごろごろ〜♪」と甘い鳴き声を上げるふにゃふにゃな花織ちゃんをたしなめながら店を出る。

歩いて帰れない距離でもなかったけれど、とりあえず花織ちゃんがこの状態なので適当にタクシーでも拾って帰ろうと考えて。

「今からタクシーに乗ろうと思うんだけど、体調とかは大丈夫……ん、花織ちゃん？」

「……」

「花織ちゃん？」

「すー……すー……」

いつの間にか花織ちゃんは寝ていた。

安らかな寝息を立てながら、安心しきったかわいらしい寝顔で啓介の腕の中に収まっている。

「んん……ケイ兄……そこはインド人を右にじゃなくてハンドルが……」

一体どんな夢を見ているのだろうか。

幸せそうな顔でむにゃむにゃと色々な寝言を口にしていた花織ちゃんは……最後にこうつぶやいたのだった。

「ケイ兄……大好き……だよ……」

4

「ん……んん……」

花織ちゃんが目を覚ましたのは、二時間ほどが経ってからだった。

「あれ……ここって……？　どこ……？」

ベッドから身体を起こしながら、キョロキョロと辺りを見回す。

「僕の部屋だよ。お水飲む？」

「ケイ兄の部屋……？　え、なんで……？　私、新歓飲み会に出てたんじゃなかったっけ……」

「あー、うん。そうだったんだけど、本条さんから連絡が来て迎えに……」

「迎え……あっ」

そこでさっきまでの状況を思い出したのか、花織ちゃんが弾かれたように両手を顔に当てた。

「え、あ、あれって、ほ、ほんとのことだったの……⁉　……ゆ、夢じゃなくて……？」

「うん」

「う、うわぁああああああああああああああああああああああああ…………！」

頭を抱えて、花織ちゃんが絶叫を上げた。

「じゃ、じゃあ、他の人たちの前でケイ兄のことをいっぱいのろけちゃったのも、お手とかしちゃったのも現実……？　ケイ兄に甘えまくって、そのまま、お、お姫様抱っこで帰ったのも……？」

涙目になりながら確認を求めてきたので啓介がうなずき返すと、花織ちゃんはしょんぼりと顔をうつむかせた。

「あうぅ……ごめんなさい、ケイ兄……」

「大丈夫だよ。むしろ酔った花織ちゃんを介抱できてよかった」

「で、でも……」

「それに飲み会の失敗に関してはあんまり人のことは言えないし……」

花織ちゃんに心配をかけてしまったあの時のことは今でも戒めとして心に留めている。

仕事の席でお酒を勧められたとしても、自分の許容量以上は決して飲まない。

その言葉に、花織ちゃんは少し申し訳なさそうな顔になった。

「あー、うん、そんなこともあったけど……でもあれは私もちょっと過敏に反応しちゃったとこもあるんだよね……。今思い出すと少し言い過ぎだったっていうか……。だからお酒についてはおあいこっていうか、ケイ兄はそこまで気にしないでだいじょうぶだよ？」

そんなことを言ってきてくれる。

酔いから覚めた天使は、心遣いも天使だった。

「ありがとう。じゃああんまり気にしないように受け取っておくね」

「うん、そうしてくれるとうれしいかな」

「わかった。あ、でも……」

「……？」

「お酒を飲んで甘えてくる花織ちゃんはかわいかったから、それはそれでまた見てみたいかな」

「！　も、もー、ケイ兄のばかー……！」

顔をトマトみたいに赤くしながらぽかぽかと叩いてくる（痛くない）。

しばらくの間、花織ちゃんの攻撃は続いていたが、やがて叩いていた手を止めてこうぽつりとつぶやいた。

「で、でも……」

「ん？」

「あの時言ってたのは……そ、その、私のほんとの気持ちだから……ケイ兄が大好きで、優しくてかっこいいって思ってて、自慢の彼氏だっていうのも、全部……」

「花織ちゃん……」

「……っ……」

そこまで言って、顔を真っ赤にしながら布団を頭から被ってしまう。

うーん、そんな姿も新鮮でかわいい……

「ありがとう。そう言ってもらえて、僕も嬉しいよ」

「……うぅうう……」

「あ、ところでもう酔いは覚めた？」

「え？ う、うん、それはだいじょうぶだけど……」

「そっか。だったらこれからいっしょに映画を見ない？」

「あ……」

もともとこの週末を花織ちゃんと過ごすために、ダウンロードしておいた映画がたくさんある。

花織ちゃんも今日はこのまま泊まっていく流れだろうし、せっかくなら当初の予定を完遂するのもいいかもしれない。

啓介の提案に、花織ちゃんはこくりとうなずいた。

「……うん、見たい。ケイ兄といっしょに」

「決まり。じゃあそうしよう」

ソファに移動してテレビのスイッチをオンにする。

花織ちゃんもベッドから立ち上がり、ソファの隣に腰を下ろす……のかと思いきや。

ちょこん……と。

啓介のヒザの上に、仔猫が丸まるみたいに座りこんだ。

「……」

「……」

「えっと、花織ちゃん……？」

「……私、ここがいい」

「まだ酔ってる……？」

「よ、酔ってない……！　そ、そうじゃなくて……よ、酔ってても、酔ってなくても、私はケイ兄の一番近くがいい、の……！」

耳まで真っ赤にしながらそう口にする。

「それに……」

「……？」

「せ、せっかく念願が叶ってケイ兄と、こ、恋人同士になれた……関係性が変わったんだから、少しは、そ、その、それっぽいこともしたいなあって……」

「花織ちゃん……」

「……だ、だめ、かな……？」

振り返ってじっと真っ直ぐに啓介の目を見上げながらそう言ってくる。

少しだけ潤んだような瞳に部屋の照明が反射して、まるで宝石が輝いているかのようだった。

もちろん断る理由なんて啓介にはこれっぽっちもない。

「うん、わかった。じゃあこのまま見ようか」

「……（こくん）」

恥ずかしそうに無言でうなずく花織ちゃん（かわいい）。

そんな花織ちゃんをヒザに乗せて。

「それじゃあどれから見る？　アクション？　恋愛？　ホラー？」

「えっと……ホラー以外なら」

「え、でもこの『呪極』って少し面白そうだけど……」

「そ、それは絶対イヤ……！　呪いを極めるって……も、もうそのタイトルだけで意味わかんないもん！　あたおかだもん……！」

「わ、わかったって。じゃあこっちの『初恋サイケデリック』は？」

「そ、それなら、いい……かな」

「あ、でもこれ、けっこうラブシーンが強烈だって有名なのじゃなかったっけ？」

「！　ラ、ラブ……っ……⁉」

「あー、R18指定だし、ちょっと花織ちゃんには早かったかな。じゃあこっちの動物ものを……」

「……」

「花織ちゃん？」

「……それでいい」

「え？」

「そ、その『初恋サイケデリック』、見よ」

「え、でも……」

「だ、だいじょうぶ……！　わ、私だってもう子どもじゃないんだから、ラ、ラブシーンくらいぜんぜん問題ないよ！　て、ていうかむしろ積極的に見たいくらい！」

「……」

いやそんなどぎついラブシーンをアクティブに求められてもお兄ちゃんとしては心配なんですが……

とはいえ花織ちゃんのリクエストなので、そう言われてしまっては啓介としては従うのみだ。

「わかった。じゃあこれにしようか」

「う、うん……っ……！」

大きなうなずきとともに動画が再生されるものの……

「え、な、なにこれ？　なにやってるの……？」

「……」

「す、相撲……!?　あ、あれ、どうなってるの……！」

「……」

「は、肌色が……肌色がおそいかかってくる……ぴ、ぴいいいいいいいいいいいいいいいいいいいいいいいいいいいっ……!?」

響き渡る断末魔の小鳥のような花織ちゃんの叫び声。

序盤からの過激なシーンの連続に、該当のラブシーンがクライマックスにたどり着くまでもなく花織ちゃんは湯気が出そうなほど顔を真っ赤にして「あうあうあうあうあうあう……」と半ば錯乱状態になってしまい。

結局。

「や、やっぱりこれくらいのから始めるのがいいのかな。ア、アニメっていいよね？　あ、あはは……」

森の妖精と猫の乗り物が出てくる穏やかなジ●リの映画を見ることで落ち着いたのだった。

SCENE5—②

☆幼なじみ２６５８日目（啓介20歳・花織12歳・和花菜27歳・舞花20歳）

＊

その日のことはいつまで経っても頭の片隅に残っている。

初めて花織ちゃんと……ケンカをしてしまった日。

や、正確に言うとケンカというのは少し違うのかもしれない。

だけど啓介にとって、その時の出来事は何年経っても忘れられないものとなった。

だっていつもにこにことお日様のような天使のような笑みを浮かべていた花織ちゃんが、初めて激しい感情を露わにした日なのだから……

1

その日はごくいつも通りの一日だった。

傾きかけた太陽が辺りをオレンジ色に照らし、近所からは夕飯であろう肉ジャガの匂いが漂ってくる、どこにでもあるような土曜日の夕方。

だけどそんなのんびりとした雰囲気の中、春野家の玄関先で、啓介はたじろいでいた。

「けーすけおにーちゃん……どうしても行っちゃうの……？」

「う……」

「花織……きょうはけーすけおにーちゃんといっしょに、お泊りしていっぱいお話しして、頭なでてもらいながら寝たかったのにな……」

花織ちゃんのつぶらな瞳が真っ直ぐに啓介のことを見上げてきている。

まるで天使が祈りを捧げている時のような汚れのない瞳。

啓介の胸がズキリと痛む。

「ご、ごめんね……僕も花織ちゃんとお泊まり会をしたいんだけど、どうしても行かないといけなくて……」

「そう、なの……？」

「うう……」

胸の奥がさらにえぐりこむように痛む。

今日はこれから大学のゼミの新歓飲み会だ。

一週間前から決まっていたそれに出席するべく啓介が家を出ようとしていたところ……太陽

みたいな笑みを浮かべた花織ちゃんがぱたぱたと駆け寄ってきて、これからお泊まり会をやらないかとのお誘いを受けたのだった。

啓介としては当然花織ちゃんとのめくるめくお泊まり会の方を百倍優先したかった。

というか秒で飲み会欠席の連絡を送りそうになった。

だけどその旨を告げたところ、同じゼミに所属することになっていた正臣と舞花に、今回の飲み会は何があっても参加するようにきつく返されたのだ。

いわく、これから後半の大学生活を送っていくにあたっての人間関係を決定する大事な場だから、冠婚葬祭以外の理由での欠席はNGなのだと。

「ほ、本当にごめん……今日だけは断れなくて……」

「……ううん、急にさそっちゃった花織がわるいんだよ。けーすけおにーちゃんは気にしないで楽しんできてね」

そう眉をハの字にしながら小さく笑う。

こんな時の対応まで天使だ。

「できるだけ早く帰ってくるから……！」

そう言って花織ちゃんの切ない視線を振り切るように啓介は走り出した。

心中はほとんど大事な娘を置いて江戸に出稼ぎに出る地方農民のような心地だった。

2

「それではこれより咲野ゼミの新入生歓迎飲み会を始めます。みなさん飲み物は行き渡りましたか？　それでは、かんぱーい」

「「「かんぱーい！」」」

楽し気な声とグラスを打ち鳴らす音が居酒屋の座敷席に響き渡る。

啓介もそれに合わせて、隣の正臣と舞花と乾杯をした。

「ハァ、乾杯……」

「ずいぶん辛気くさい乾杯だな。まあ理由はわかるが……」

「あー、かおかおからのお泊まり会のお誘いだっけ？　あのかおかお原理主義でかおかおと一日会ってないと手の震え、吐き気、頭痛が出るけーすけがよく断れたよねー」

「それは、舞花たちが絶対に来いって言うから……」

「そりゃあそうだけどさ。それでもかおかおからのお誘いだって聞いた時は本気で来ないかと思ったもん。えらいえらい」

そう言って啓介の頭を撫で回してくる。

「……舞花、もう酔ってる？」

「ううん、ぜんぜん。ていうかお酒なんて水みたいなもんじゃない？」

その言葉通り、舞花はまるで酔いが回っていないようだった。

見てる限りで乾杯からの駆けつけ三杯で日本酒を三杯ほど飲んでいるようだけれど、一向に様子が変わらない。

対照的に正臣はあまりお酒が得意ではないようで、チビチビと舐めるようにビールを口にしているみたいだった。

「まあ、とにかく参加しちゃったものはしちゃったものなんだし、やることやって帰らなきゃ。ちゃんとこーいうのには出席して人間関係を作っとかないと後で大変なんだから」

「わかってるって」

「よろしい。だったらこんな隅っこでうだうだしてないで、先輩たちのところに挨拶にでも行ってくるように。社会に出てからも飲みの席ってのは大事だよ？」

「……行ってくる」

あんまり気は進まなかったけれど舞花の言うことはもっともだ。

ビールの入ったグラスを片手に、先輩たちが集まっている席へと向かう。

「今度このゼミに所属することになった法学部法律学科三年の春野です、よろしくお願いします」

「お、よろしくな」

「何か困ったことがあったら何でも相談してくれればいいから」

「ま、難しいことはあとあと、とりあえず乾杯しよう、乾杯」

「あ、はい、乾杯」

差し出されてきたグラスを打ち鳴らして、ビールを飲み干す。

苦くて炭酸の弾ける液体が喉を一気に通り抜けていった。

「お、いい飲みっぷり。そうこなくっちゃな」

「どんどん飲んでいいからな。飲み放題でコースは取ってあるから」

「ほら、おかわり」

「あ、ありがとうございます」

正直ビールは苦くてあまり好きではなかったけれど、勧められるがままにグラスを差し出す。

そのグラスを持って、今度は隣のテーブルの先輩のところへ挨拶に向かう。

「はじめまして、今度このゼミに所属することになった春野です。よろしくお願いします
……」

その繰り返し。

舞花が言っていた通り、円滑な人間関係のためには必要なのは理解はしているけれど、正直
こういう席は疲れる……

先輩たちがイヤな人というわけじゃない。

むしろどちらかと言えば緊張している後輩に気を遣ってくれるいい人たちだ。

ただ単純に、こういう風に必要以上に騒がしい場が昔から啓介は苦手なのだった。

内心かなりの疲労を覚えながら、そういえば正臣たちはどうしているのかと視線をそちらに移してみると。

「そうですね、それについては俺は判例よりも有力説の方を支持しています」

「ふむ、それはどうしてかな？」

「そちらの方が現代の価値観にあった合理的なものだからです。それには昨今のZ世代の生き方も影響していて……」

「なるほど、それは面白いね。よければもっときみの意見を聞かせてくれるかな」

「はい。ぜひ」

正臣はいつの間にか教授の横に座り、最新の学説について語り合っていた。

さすがに如才ないというか……

あの位置なら先輩たちからお酒を勧められることもほぼないので、アルコールが苦手な正臣としては絶好のポジショニングだ。

十年来の親友の絶妙な立ち回りっぷりに感心しつつ別のテーブルに視線を移す。

するとそこには、別の先輩たちと飲んでいる舞花の姿が目に入った。

「ごくごくごく……はぁ、おいしい！」

「す、すごいね、東雲さん……」

「さっきから勢いが止まらない……」

「それ、もう八杯目だっけ……？　そろそろきつくない……？」

「いえまだまだぜんぜん序の口ですよ！　やっとエンジンがかかってきたところです。先輩たちももっと飲みましょうよ！」

「い、いや俺たちはもう……」

「そう言わずにー！」

「え、あ、ああ……ごぼぉ……」

「ちょ、ちょっと待って、まだ前のグラスが空いてない――」

「え、じゃあそれは私が飲んであげますから、いっしょに日本酒飲みましょうよー！」

「グ、グラスに入っていたサワーが一瞬で消えた……！」

「お、恐ろしく早い一気飲み……俺じゃなきゃ見逃しちゃってたね……」

「う、うわばみだ……」

こっちもこっちでこの上なく楽しくやっているみたいだった。

というか先輩たちが完全に引いている気がする……

「……ん？」

と、そこで思いついた。

舞花のテーブルは例外として、さっきから先輩たちは基本的に一杯以上は勧めてこない。

一度乾杯を交わせば、それで挨拶は終わりだ。

ということは……全ての先輩たちと一杯ずつ飲んでさっさと全員に挨拶を済ませてしまえば、その場で帰ってしまっても問題ないのではないだろうか。

時間はまだ八時を少し回ったところだ。ここで切り上げることができればもしかしたら花織ちゃんとお泊まり会ができる可能性がワンチャンあるかもしれない。

……よし。

……ここは勝負をかける時だ。

そう心に決めて、啓介は目の前のグラスを手に取った。

「先輩方、よかったら挨拶代わりに一杯付き合ってください」

「お、ノリがいいな。いいぞいいぞ」

「ほら、注いでやるから」

「足りなかったらあっちにピッチャーがあるからな」

テーブルを片っ端から回っていき、ビールを連続して喉に流しこむ。

乾杯を重ねるごとに、苦手だった苦味も麻痺してだんだん感じなくなってきた。

このペースでお酒を飲むのは初めてだったけれど、思ったよりも酔ったりしないものだった。

そういえば父親もウイスキーとか焼酎とかを普通に飲んでいたし、春野家はアルコールに強い体質なのかもしれない。

「へー、きみ、いい飲みっぷり♪　あたしたちとも飲も」

「あ、はい。お願いします」

「はい、きみの分。かんぱーい♪」

「ふふ、こんなかっこいい子がうちのゼミに入ってくれるなんて、これから楽しみだなー♪」

「ねえねえ、RINE交換しようよ？」

「ヒザに乗っていい？　すっごい座り心地よさそう♪」

時折女子の先輩たちとのそんな返答に困るやり取りはあったものの、おおむね順調に挨拶をこなすことができていた。

現在の進捗状況は八割ほど。

この調子でいけば九時には退席することができるかもしれない。

花織ちゃんとの夢のお泊り会も夢ではなくなってきた。

湧き上がる高揚感とともに、気合いを入れ直して、次のテーブルに向かうべく立ち上がりかけて。

その時だった。

「あれ……？」

ふいにヒザから力が抜けるのを感じた。

まるで突然電池が切れてしまったみたいな急激な脱力。

バランスを崩して思わずその場に倒れこんでしまう。

「なに、これ……？」

立ち上がろうとしても身体に力が入らない。

視界が斜めになって、そのまま動くことができず、世界がグルグルと回っている。

天井が遥か遠くに見えて、蜃気楼のようにぼんやりと霞んで見えた。

「え、ちょ、ちょっと、けーすけ、だいじょうぶ……!?」

何で舞花が三人いるんだろう……？

しかも何だかすごく心配そうな顔をしてるし……

「えっと、すみませーん、お水もらっていいですか？　ほら、けーすけ、これ飲んで」

「おい、啓介、しっかりしろ」

そんな舞花と正臣の声が、遠ざかる意識の中、聞こえていたのだった。

3

そこからの記憶はあまりハッキリとしていない。

ただふらつく足取りの中、正臣と舞花に両肩を抱えられてタクシーに乗ったことだけはぼんやりと覚えている。

気づいたら……自宅のベッドで天井を凝視していた。

「あれ、どうして……」

枕元に置かれていたスマホを見ると、午後十一時過ぎを示していた。

気分はだいぶよくなっていた。

さっきまでの気持ちの悪さがウソのように視界はハッキリしていて、身体も軽い。

「んん……」

ベッドから身体を起こす。

多少気怠さはあるもののそれ以外は大丈夫なようだ。

部屋を出て階段を下りて一階へ向かうと、リビングの方から話し声が聞こえてきた。

ドアを開けて中に入ると、そこには今にも泣き出しそうな表情の花織ちゃんと、舞花と正臣、さらには和花菜さんの姿までもがあった。

「けーすけおにーちゃん!!」

「花織ちゃん」

「けーすけおにーちゃん、だ、だいじょうぶなの……!」

啓介の姿を目に留めると、弾かれるように立ち上がった花織ちゃんが胸に飛び込んできた。

「た、たおれてふらふらになって帰ってきたってきいて……花織、し、心配だったの……」

「うん、もう大丈夫。心配かけてごめんね」

「ほ、ほんとに……？　気持ち悪くない？　頭痛くない？　それから、それから……っ……！」

啓介の胸元にしがみついたまま、矢継ぎ早に言葉を投げかけてくる。

どこか切羽詰まったような深刻な表情だ。

それを見た舞花たちが安心させるように軽い口調で言う。

「だいじょうぶだよ、かおかお。けーすけはちょっとお酒を飲み過ぎちゃっただけだから」

「ああ、先輩にいいところを見せようと調子に乗って自爆しただけだ。問題ない。そうですよね、麻生さん？」

「そうね～、啓介くんがフラフラで心配だって呼ばれたからいちおう診てみたけど、軽い貧血ってところかしら～。お水飲んで激しい運動をしなければ問題ないわよ～」

「で、でも……」

なおも不安げな表情のままの花織ちゃん。

今にも泣き出してしまいそうな仔猫みたいな顔できゅっと啓介の服を握りしめている。

さすがにただの飲み過ぎをここまで心配されると啓介としても申し訳ない気持ちになってき

てしまう。

「えっと……ホントにもうなんともないよ。花織ちゃんの気持ちもわかるけど、そこまで大げさにするようなものじゃないから」

「おおげさ……？」

「うん。僕なんかを心配しすぎっていうか……」

それは花織ちゃんを安心させるために言った言葉だった。

飲みのペース配分に失敗して体調不良になった自分ごときを、花織ちゃんがそこまで真剣に案ずる必要はないのだと。

だけど花織ちゃんはふるふると力なく首を横に振った。

「……じゃない……」

「え？」

「……おおげさ、じゃないよ……さっきまでのけーすけおにーちゃん、声をかけてもゆすってもぜんぜん起きなかった……あれって……」

そこで花織ちゃんはぽろぽろと涙を流すと。

「あれって……花織のおとーさんと同じだった……」

「え……？」

「あの時の……苦しそうだったおとーさんと……」

「あ……」

ハッとした。

その言葉で気づいてしまった。

花織ちゃんが何を言っているのかを。

「……おとーさんだってそうだった……だいじょうぶだって言ってたのに……花織の前からいなくなっちゃった……け、けーすけおにーちゃんもおんなじだったらって……」

「花織ちゃん、それは」

「……ううっ……うわぁああああああああん……！」

啓介の言葉を遮るように嗚咽を上げると、逃げるようにして花織ちゃんはリビングを出ていってしまった。

「え、えっと……かおかお、どうしちゃったの？」

「何か泣くような要素があったか……？」

「う～ん、啓介くんの顔が怖かったとか～……？」

何が起きたのかわからないという声で顔を見合わせる舞花と正臣と和花菜さん。

その反応は当然だと言えたけれど、今はそれどころじゃない。

「ごめん、後で説明する……！」

そう三人に言い放って、啓介は花織ちゃんの後を追ってリビングを飛び出したのだった。

4

花織ちゃんの行った先に見当は付いていた。

前に啓介の高校に来た時もそうだったけれど、花織ちゃんは何かあると高いところに向かうことが多い。

小高い丘、ジャングルジムの上、近所のマンションの屋上。

そしてこんな風に落ちこんだ時……花織ちゃんが必ず選ぶ場所があった。

そこは……

「やっぱりここにいた」

「……」

「ここだと思ったんだ」

「……」

春野家の屋根の上。

ベランダの端から上ることができるその場所で……花織ちゃんはヒザを抱えてその間に顔を埋めていた。

「隣……いいかな？」

「……」

「花織ちゃんと……話がしたいんだ」

「……」

「ダメ、かな……？」

ふるふる……

うつむかせたままの顔が小さく横に振られるのを見て、啓介は花織ちゃんの隣に腰を下ろした。

「……」

「……」

静寂だった。

啓介も花織ちゃんも、どちらも黙ったまま口を開かない。

月も星も雲に覆われて真っ暗な中、春の夜の穏やかな風が通り抜けていくサラサラという音だけがわずかに響く。

たぶん、十分くらいそうしていたと思う。

啓介は……思い切って口を開いた。

「……ごめんね……」

「……」

花織ちゃんの肩が、ぴくりと動いた。

「……花織ちゃんの気持ちも考えないで、あんな姿を見せちゃった。それに大げさって言い方もよくなかったと思う……」

そう、うかつだった。

詳しい事情を知らない舞花や正臣はともかく、啓介だけは気づくべきだった。

花織ちゃんが、彼女の父親が亡くなった時と啓介のさっきまでの姿を重ねてしまっていたこと、に。

「花織ちゃんは本気で心配してくれてたんだよね。僕が、その、花織ちゃんのお父さんみたいに大変なことになるんじゃないかって……」

「……」

脳の出血だったと聞いている。

花織ちゃんの父親――織人さんは今からおよそ八年前、夕飯の後に頭痛を訴えてそのままソファで休んでいたところ……急変してしまった。

異変に気づいた穂波さんたちによって直ちに病院に運ばれたものの、間に合わなかったのだと。

啓介がその訃報を聞いたのは、病院から花織ちゃんと穂波さんが帰ってきた後だった。

その時も星が雲に隠れて真っ暗になったこの場所で……花織ちゃんは一人声を殺して泣いていた。

今と同じように、その小さな身体を震わせて……

「そのことに僕だけはまず気づくべきだった。花織ちゃんの口からあんなことまで言わせるべきじゃなかったんだ。だから……ごめん」

「……」

啓介の言葉を、花織ちゃんは沈黙したまま聞いていた。

肩にかかった、真っ暗な中でもわかるくらいにつややかな髪の毛が風に揺れてゆらゆらとなびく。

どれくらいそうしていただろう。

十分か二十分か……あるいはそれよりもずっと短かったかもしれない。

やがて花織ちゃんは静かに顔を上げると。

「けーすけおにーちゃんも……いつかはどこかにいっちゃうの……？」

ぽつりとそう口にした。

「いまはこうして隣にいてくれてても……気づいたらおとーさんみたいに急にいなくなって、

花織はひとりになっちゃうのかな……？」

あの時と同じ言葉だった。

ここではない遠くを見ているような瞳と、今にも消え入りそうな声だというところまで……まったく同じ。

だったら、啓介の答えなんてもう決まっている。

「そんなことない……！」

「……」

「花織ちゃんが一人になることなんてない……！　これから先、何があっても僕は花織ちゃんといっしょにいる。一番近くにいて、たくさん話をして、いっぱい遊んで、絶対に離れたりはしないから……！」

それは心からの言葉だった。

あの時花織ちゃんに向けたものと同じ、いやそれ以上の気持ちを込めた宣言。

花織ちゃんの目に、わずかに光が戻る。

「……ほん、と……？」

「うん、本当だよ」

「けーすけおにーちゃんは花織の前からいなくならない……？　ずっといっしょにいてくれるの……？」

「ならない。何回だって約束する」

「だって花織ちゃんは……大切な家族で、だれよりも大事な妹だから……！」

「……」

「あ……」

それを聞いた花織ちゃんは、目をぱちぱちとさせて啓介を見た。

泣いているような笑っているような……複雑な表情。

だけどすぐに顔をくしゃくしゃにすると、ぎゅーっと強く啓介に抱きついてきた。

「けーすけおにーちゃん……っ……！」

「うん」

「けーすけおにーちゃんは……どんなことがあっても花織といっしょにいてくれるんだよね……約束なんだよね……？」

「ん、そうだよ」

「だったら……だったら花織もずっとけーすけおにーちゃんといっしょにいる……ずっと、ずっと大好きなけーすけおにーちゃんからはなれない。おにーちゃんと結婚する……！」

真っ直ぐに啓介の顔を見上げながらそう声を上げて。

「うわぁああああああああああああああああああああああああああん………！」

そのまま再び花織ちゃんは大声で泣き出してしまった。

だけどそれはさっきまでの不安や悲しさだけからくる嗚咽ではなくて。

うれしさや安堵、驚きや戸惑いなんかの様々な感情が混ざり合ったものだということは……啓介にはよくわかった。

ぽんぽんと花織ちゃんの頭を撫でながら、泣き止むのを待つ。

しばらくの間屋根の上に泣き声が響いていたけれど、やがて花織ちゃんはしゃくりあげながらも、泣くのを止める。

そのまま、ぴったりと啓介の腕に寄り添ってきた。

「……ありがと、けーすけおにーちゃん」

「……」

「けーすけおにーちゃんはいつも花織のことを探してくれて、安心させてくれる。花織が泣いてるといつだってすぐにとんできてくれて……言ってほしい言葉を言ってくれる。……まるで王子様みたいに」

「や、そんないいものじゃ……」

そもそも王子様は泥酔して帰宅したりしないし、そのことがお姫様に及ぼす影響について考えなしだったりしない。

だけど花織ちゃんはふるふると首を振った。

「ううん、けーすけおにーちゃんは絶対に王子様だよ。世界にひとりしかいない、花織だけの王子様。だから……」

そこで花織ちゃんは顔を上げると、
クォーツのように透き通った瞳で啓介を見て。

「花織は……ちかうね。いつまでもずっとずっとけーすけおにーちゃんのことだけを大好きでいる。病める時もすこやかなる時も、何があってもけーすけおにーちゃんのことだけを見てる。けーすけおにーちゃんだけのお姫様でいるって……」

そう言って、ぎゅーっと首に抱きついてくる。

いつの間にか雲が晴れていて、月明かりと星の輝きに照らされる屋根の上に、花織ちゃんの笑顔が小さく咲いたのだった。

5

「――で、よくわかんないけど、とりあえず一件落着したの？」

「あ、うん、もう大丈夫だと思う」

リビングに戻るなり舞花がそう尋ねてきて。

啓介がうなずきながら答える。

「んー、それならいいんだけどー。ただそこからどうして今そうなってるのかはよくわかんないっていうか……」

「抱っこちゃんみたいだな……」

「かおちゃんかわい～♪」

舞花と正臣と和花菜さんがそろって不思議そうな目で見てくる。

その視線の先では……花織ちゃんが啓介の上半身に手と脚を回してぶら下がるようにぎゅーっと抱きついていた。

「花織、けーすけおにーちゃんから離れないのー。ずっとずっといっしょで、一心同体なんだからー」

セミみたいな姿勢のままそう主張する花織ちゃん。

「ま、けーすけがそれでいいならいいけどさ。それじゃ私、そろそろ帰るね」

「そうだな。啓介が何ともないならこれ以上ここに残る理由もない。俺も帰る」

「お姉さんも〜。あ、ちゃんとお水と胃薬は飲んでおくようにね〜」

「あ、じゃあ玄関まで送る——」

立ち上がりかけた啓介に。

「いーからけーすけはそのまんまでいなさい。いちおうぶっ倒れた後なんだから」

「そうだな、鍵はかけておくから安心していい」

「かおちゃん、啓介くんのことよろしくね〜♪」

そう言って、三人は帰ってしまった。

後には、まだ抱きついたままの花織ちゃんと啓介だけが残される。

「……」

「……」

「……えっと……」

「……」

「もう時間も遅いし、花織ちゃんもそろそろ帰ろうか？」

「やだ。花織、このままけーすけおにーちゃんといっしょにいる」

「え？」

「今日はもうけーすけおにーちゃんからはなれない。ずーっとこうやって隣にいて、けーすけおにーちゃんをぎゅーってしたまま、いっしょに寝る」

「いやでも……」

お泊り会の予定は流れてしまったしそういうわけにもいかないというか……

「だってけーすけおにーちゃん、ずっと花織といっしょにいてくれるって言ったよね？　ひとりにしないって約束してくれたよね……？　ちがうの……？」

うるうると潤ませた瞳でそう見上げてくる。

う、その顔は反則というか……

どう答えるべきか啓介が困っていると、そこでポケットのスマホがブルブルと振動した。

取り出して確認してみると届いていたのは穂波さんからのメッセージ。

そこにはこう書かれていた。

『ごめんなさい、今日は花織のことをお任せしてもいいかしら？　できればお泊りさせてあげてくれるとうれしいかな。お願いします』

「……」

たぶん、舞花あたりが気を回して穂波さんに伝えてくれたんだろう。

それは自体は助かるし、花織ちゃんは平素からしばしば春野家に泊まりに来ていることから、寝具や着替えの準備等は問題ない。

「……」

今日はきっと花織ちゃんにとってさんざんな一日だっただろう。

お泊り会は開催できず、待ちわびていた啓介はフラフラの体で帰宅し、昔の辛い記憶を思い出すことになってしまった。

それらはほぼ全て啓介の不徳の致すところだ。

だったらせめて……一日の最後くらい、花織ちゃんには楽しい思いをして終わってもらいたい。

だから。

「うん……わかった」

「え？」

「今日はもうずっと花織ちゃんといっしょにいる。何でも花織ちゃんの好きなことをして、それでいっしょに寝よう」

「あ……」

花織ちゃんの表情が太陽みたいにぱあっと輝く。

「じゃあじゃあ、髪の毛をやってもらってもいい？　いっしょに写真は？」

「うん、やろう」

「そうしたら頭なでなでは？　ひざまくらをしてもらうのとかもいーの？」

「もちろん」

「わー……♪」

きらきらと目を輝かせる花織ちゃん。

「すごい、夢みたい……うん、花織、けーすけおにーちゃんのこと、大好きー♪」

「うにゃ……けーすけおにーちゃん……好き……」

三十分後。

ソファで啓介のヒザの上にもたれかかりながら、穏やかな寝息を立てる花織ちゃんの姿があった。

十二時が過ぎるまで起きていると気合いを入れていたものの、やはり今日は色々あって疲れていたのか、五分と経たずに仔猫のように丸まって眠ってしまったのだ。

安心しきったように脱力した姿。

だけどその両手はしっかりと啓介の服の裾を握っている。

「本当に天使みたいだなあ……」

こんな時間がずっと続けばいいのに。

その文字通りエンジェルスマイルそのものの寝顔を見ながら何となく考える。

五年後、十年後、二十年後、花織ちゃんはどうなっているんだろう。

今と変わらずにこうして隣で笑ってくれているのかもしれないし、考えたくはないけれど何かの要因でぜんぜん疎遠になってしまっているかもしれない。

もしかしたらだれか好きな人でもできて……その相手とラブラブになった姿を啓介に報告しにやって来ているかもしれない。

いや、それだけじゃなくて、啓介の知らないだれかと結婚すらしていることだってあり得る。

その頃には花織ちゃんだって立派な大人なのだ。

未来の可能性は無限大なのであって……

「……いや、やっぱりそれはイヤだな」

花織ちゃんの隣にだれか見知らぬ男がいる想像をするだけで胃がキリキリと大工道具のように痛くなってくる。

啓介の目の黒いうちは、まだまだどこの馬の骨とも知れない相手にお嫁に出すわけにはいかない。

唯一無二のお兄ちゃんとして、そこはどうしても譲れない一線なのだ。

「……」

とはいえ、何にせよそれはまだまだ遠い先のことだ。

これから花織(かおり)ちゃんは小学校を卒業をして、中学校に入って、そのまま高校、大学に進み、やがて成人を迎えるのだろう。

そして大学を卒業して、社会人となって、やがて巣立っていく。

その頃には、花織(かおり)ちゃんと啓介(けいすけ)はいったいどういう関係になっているのだろうか。

先のことは、未来のことはわからない。

もちろん啓介(けいすけ)としては花織(かおり)ちゃんの隣にいられることを望むけれど、こればかりは巡り合わせ次第としか言いようがない。

ただ。

「けーすけおにーちゃん……ずうっと……いっしょ……」

「うん、ずっといっしょにいるよ……」

「……えへへ……」

小さな笑みをこぼす花織(かおり)ちゃんの柔らかな髪を撫(な)でる。

たとえこの先何が起ころうと……この夏の青空の下で鮮やかに咲いた向日葵(ひまわり)のような笑顔だけは大切にしていこうと、啓介(けいすけ)はそう心から誓ったのだった。

EXTRA
SCENE

『結婚式②』

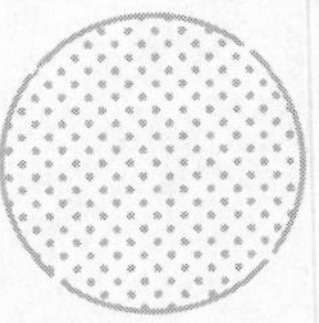

☆幼なじみ10000日目（？？？　？？？歳・？？？　？？？歳）

＊

控室の周辺は、少しずつ慌ただしい雰囲気に包まれ始めていた、
束の間の二人きりの時間も終わり、再び式場の人が進行の確認をしてきたり、親族が訪ねてきたりと、人の出入りも多くなってきている。

間もなく……結婚式が始まるのだ。

「いよいよ……だね」

彼女がぎゅっと胸の前で手を握りしめてそう口にする。

「あはは、柄にもなくちょっと緊張するけど……でも期待とドキドキもおんなじくらいかな。だってやっとこの日を迎えられたんだもん。あなたといっしょに」

向日葵のティアラを光らせながら小さく笑う彼女。

「でも……出会ったばっかりの頃は想像もできなかったな。まさか私があなたとこんなことになってるなんて……」

「……」

「もう二十年以上前のことだもんね……ううん、私はずっとあなたのことが好きだったよ。た

ぶん、そのことにあなたが気づくずっとずーっと前から。でも、あなたの周りにはたくさん素敵な人たちがいたから……」

彼女が何かを思い出すかのようにきゅっと胸元で手を握る。

「今日を迎えるまで、色々あったよね……。楽しいことばっかりじゃなかったし、つらかったり、悲しかったりしたこともあった。いつだって二人いっしょにいられたわけじゃなかったし、あなたも、他の子と時間を共にしたこともあった……」

「だけど……」

そこで彼女はきゅっと唇を結んで。

「その時その時に気持ちが通じ合った相手と付き合って、それで別れたことも……きっとあなたにとっても、私にとっても、今のこの結果に至るために必要なことだったんだよ」

「そう、それはきっと……大事な、幼なじみの記録なんだったと思う」

噛みしめるようにそう口にする。

「他の人といっしょにいるあなたを見てるのはつらかったけど……でもその離れていた時間があったからこそ、余計に自分の本当の気持ちに向き合うことができたからこそ、宝石みたいな今日という日を迎えることができたって言えるのかもしれない」

「……」

「もちろん……あの子には悪いと思ってる。あなたとずっといっしょにいて、あなたのことを本当に心から想っていたことはだれよりも知ってたのに……私もあの子のことは大好きだったのに……。だけど私も自分の気持ちを譲ることはできなかった」

そこで彼女は一度言葉を止める。

そして真っ直ぐな視線でこちらを見つめて。

「あなたのことを愛しているっていう気持ちを」

迷いのない口調でハッキリとそう言った。

「だから……今は私のことだけを見てほしい。今日だけは……他のことは、あの子のことは全部忘れて、私との未来をいっしょに見てほしい。それが私の、たった一つのお願い」

彼女の足元でコユキが少しだけさみしげに「にゃーん……」と鳴く。

そんなコユキの頭を優しく撫でて、彼女は小さくつぶやいた。

「だって……」

「──もう幼なじみで仲の良かった、妹みたいなあの子はいないんだから」

エピローグ

『花織ちゃんと、和花菜さんと、舞花と、団らんの晩ご飯』

☆幼なじみ4562日目（啓介23歳・花織15歳・和花菜29歳・舞花23歳）

＊

どうしてこういう状況になったのだろう。

目の前の状況を見ながら、啓介は心の中で首をひねる。

「……」

「……」

「……」

春野家のダイニングのテーブルに座っているのは花織ちゃん、和花菜さん、舞花。

この三人が全員そろうのは意外に珍しい。

一人二人ならばニアミスはしているものの、三人とも高校生、社会人（特殊職業）、社会人という組み合わせということもあって、なかなか時間が合わないのが常なのだ。

しかも基本的にはよく喋るその三人が、無言のままでいるなんて、三年に一度あるかないかのレアな光景だった。

そもそもの発端は、ふらりと帰ってきた啓介の父親だった。

あいかわらず連絡の一つもなしに突然帰宅したことはもう置いておくとして、花織ちゃんたち三人がそろっているのを目にしてそこで父親が口にした一言。

「おや、珍しくにぎやかじゃないか。うんうん、こうやって女の子が三人もいると華があっていいねえ。いつもは啓介と男二人の色気のない煤けた食卓だから」

ここまではまだいい。

啓介に対してナチュラルにだいぶ失礼なことを言っているのはあれだけれど、これくらいの発言を気にしていたらこの父親とは同じ空間で生活をしてはいられない。

問題なのは、次に放った一言だった。

「——ところでこの中のだれが啓介のお嫁さんになってくれるのかな？」

「は？　ちょっ、父さん、何を……！」

「みんな美人だからだれがなっても壮観だろうねぇ。私が健在のうちに結婚式が見たいものだなあ。できれば孫の顔も……」

「だ、だから何を言い出して……！」

「え？　こんな風に集まってるのってそういうことじゃないの？　昔のギャルゲーみたいなシチュエーションっていうか、みんな啓介のことが大好きってことで……」

「い、いいから、父さんはあっちに行っててって！」

骨の髄までデリカシーというものに欠けている父親を啓介は無理やりリビングの外に追い出したのが五分前。

まったく、ひさしぶりに帰ってきたかと思えば本当に余計なことしか言わない……

こんなとことん空気を読む能力が息をしていない典型的な中年だから、啓介の母親にも逃げられるのである。

まあそれはともかく……

「……」

「……」

「……」

食卓はシンと静まり返っていた。

花織ちゃんたちは三人とも黙ったまま、無言でちらちらとお互いの顔を見合っている。

（け、結婚式……ケイ兄との……？　え、え……？）

（ああ、乙女の憧れの結婚式～。啓介くんとだったらどんなのかしら～？　どきどき～）

（え、えっと、結婚式……か。考えたことなかったけど、もしけーすけとやるんだったら……）

「……」

（や、やっぱりかわいいのがいいよね？　う、うん、お花をモチーフにしたアクセサリーとかいいかも……。結婚式の華やかなイメージに合いそうなのだと、向日葵とか……？）

（理想の結婚式と言えばやっぱり純白のウェディングドレス……はこの歳じゃちょっと痛いかも～……あ、なんだか今イメージが浮かんじゃった！　ミント、ミントグリーンとかいいんじゃないかしら？　ほどよい控え目感と抜け感があるし～。あれ、でもなんで急にミントが浮かんだのかしら……？）

（どうせだったら他にはないオリジナルな式にしたいかも。深海魚……はさすがにダメだろうけど、何か海とか魚とかに関係するサプライズとかいいんじゃない？　海底とか竜宮城のプロジェクションマッピングとか……）

無言のまま十分が経過。

空気に耐えかねて啓介が声をかけると。

「あの、花織ちゃん……」

「ぴゃ……っ……!?」

花織ちゃんが眠っているところに息を吹きかけられた小鳥みたいな声を上げた。

「え、ええと……？」

「あ、ご、ごめん、ケイ兄！　か、考え事してて気づかなかった……！」

「や、それはいいんだけど……。それよりごめん、うちのバカ親父がヘンなことを言って……」

会社だったらセクハラで一発アウトな発言だ。

花織ちゃんたちも結婚だとかお嫁さんだとか適当なことを言われていい迷惑だろう。

と、啓介は思ったのだけれど……

「あら、私は大歓迎よ～？」

「え？」

「結婚～♪　啓介くんとだったら今すぐでもいいくらいだし～」

そう言いながらぎゅっと後ろに回って抱きついてくる和花菜さん。

「ほら～、最近は歳の差婚もはやってるし、お姉さんとだったらちょうどいいんじゃない？　あれだったらほんとにこのまま結婚しちゃう？」

「!!」「……っ……」

その言葉に、花織ちゃんと舞花が弾かれたように反応する。

「ちょ、ちょっと待ってよ、和花菜さん！　抜け駆け禁止だって！　私だって、その、けーすけ相手なら、ア、アリだし！」

「え？」

「ま、まあ付き合いもこの中で一番長いから気心も知れてるし？　ちょっと……っていうかだいぶ鈍いのはあれだけど、一途だから絶対浮気とかしなさそうだし？　け、結婚相手としてはかなり優良物件かなーって……」

　そう言って舞花も啓介の右手をぐいっと引っ張ってくる。

　さらには。

「わ——私も！」

「私だって……う、ううん、私は、ケ、ケイ兄だったら今すぐにでもお嫁さんになるのだってぜんぜんいいんだから！　て、ていうか、け、結婚の約束をしたことだってあるし……！」

　ふんふんと興奮気味に顔を赤くしながら花織ちゃんまでそんなことを言ってくる。

　ちなみにいつの間にか、いつかのように啓介の上半身にしがみつくように抱きついていた。

「あら、それならお姉さんもあるわよ～？」

「……！」

「啓介くんが小学生の時に、私が三十歳まで独身だったら結婚してくれるって言ったんだから～。ね～、啓介くん？」

「え……？」

　とりあえず覚えはさっぱりないんですが……

「わ、私だってあるし！」

「え、え……？」

「こ、高校の時に、スマホリングの交換を指輪の交換みたいだって言われたから、あれって実質プロポーズみたいなものでしょ！　う、うん、そうに決まってるし……！」

舞花が何を言っているのか啓介にはさっぱりわからない。

というか三人が何を言っているのかほぼ理解できない。

ただわかることは。

「ケ、ケイ兄と結婚するのは……わ、私なんだもん……っ……！」

「責任とってお姉さんを花嫁にしてくれるわよね～、啓介くん？」

「ほ、ほら、今でも家はお向かいで毎日顔は合わせてるし、ご飯をいっしょに食べたり部屋を行き来したりしてるし、ほ、ほとんど結婚してるみたいなもんっていうか……」

三人とも、啓介の父親の言った戯言を思いっきり真に受けているみたいだということだった。

「ケ、ケイ兄は……わ、私のこと、きらい……？　お、お嫁さんにしたくない……？」

「行き場がなくなって放流された初恋のお姉さんをゴミみたいに捨てるの……？　啓介くん、鬼畜……？」

「ほ、ほら、気づいたら昔から隣にいる存在が一番の理解者だったってこと、よくあるし……？（ちらちら）」

それぞれ真っ直ぐに啓介の目を見つめながら迫ってくる。

一分の隙もなく形成された、完璧な幼なじみ三人のトライアングル。

どこにも逃げ場はない。

「え、ええと……」

どうしていきなり三人が三人ともこんなに結婚の話題に食いついてきたのかがまず啓介(けいすけ)にはわからない。

結婚なんてまだぜんぜん考えたこともなかったっていうのに……

それに仮に、そう仮にこの三人の中から、そういった相手を選ぶのだとしても……

「……」

天使みたいにかわいい年下の妹のような存在。

初恋だった年上のお姉さん。

同じ歳(とし)でこれ以上ないくらいに気が合う一番の女友だち。

そんな中からだれかを選べと言われても……

「だれか一人なんて選べないよ……！」

そんな幼なじみの大三角形に囲まれて、啓介(けいすけ)はそう叫ぶしかないのだった。

あとがき

こんにちはまたははじめまして、五十嵐雄策(いがらしゆうさく)です。

新作『天使な幼なじみたちと過ごす10000日の花嫁デイズ』をお届けいたします。

本作ですが、タイトルの一部にもなっていますように『幼なじみ』と、それと『関係性』というものがキーワードとなっております。『関係性』が変わることによって、同じシーンでもまったく違った見え方になることがあるかと思います。その違いを切り取って、青春的なイベントの観点から再構成することができたらと面白いと思ったことが本作を書こうと思ったきっかけでした。その試みが少しでもうまくいっていると感じていただけたならうれしいです。

もちろんラブコメ要素もいつも通り盛りだくさんですので、そちらを期待されている方にもご満足いただけるといいな……と思っております。

ここからはお世話になった方々に感謝の言葉を。

担当編集の黒川さま、小野寺さま。今回もまた様々な面で助けていただきました。ありがとうございます。

イラスト担当のたん旦さま。とても素敵なイラストを本当にありがとうございました！　花織が本当に天使で、もうそれだけで生きていけます……！

そして何よりもこの本を手に取ってくださった全ての方々に最大限の感謝を。

それではまたお会いできることを願って――

二〇二二年十月　五十嵐雄策

◉五十嵐雄策著作リスト

「乃木坂春香の秘密①〜⑯」（電撃文庫）
「乃木坂明日夏の秘密①〜⑥」（同）
「はにかみトライアングル①〜⑦」（同）
「小春原日和の育成日記①〜⑤」（同）
「花屋敷澄花の聖地巡礼①②」（同）
「城ヶ崎奈央と電撃文庫作家になるための10のメソッド」（同）

「続・城ヶ崎奈央と電撃文庫作家になるための10のメソッド」（同）
「城姫クエスト　僕が城主になったわけ」（同）
「城姫クエスト②　僕と銀杏の心の旅」（同）
「SE-Xふぁいる　ようこそ、斎条東高校「超常現象☆探求部」へ！」（同）
「SE-Xふぁいる　シーズン2　斎条東高校「超常現象☆探求部」の秘密」（同）
「幸せ二世帯同居計画　～妖精さんのお話～」（同）
「終わる世界の片隅で、また君に恋をする」（同）
「ちっちゃくてかわいい先輩が大好きなので一日三回照れさせたい1～4」（同）
「琴崎さんがみてる　～俺の隣で百合カップルを観察する限界お嬢様～」（同）
「天使な幼なじみたちと過ごす10000日の花嫁デイズ」（同）
「ぼくたちのなつやすみ　過去と未来と、約束の秘密基地」（メディアワークス文庫）
「七日間の幽霊、八日目の彼女」（同）
「ひとり旅の神様」（同）
「ひとり旅の神様2」（同）
「いつかきみに七月の雪を見せてあげる」（同）
「下町俳句お弁当処 芭蕉庵のおもてなし」（同）
「恋する死神と、僕が忘れた夏」（同）
「八丈島と、猫と、大人のなつやすみ」（同）

本書に対するご意見、ご感想をお寄せください。

ファンレターあて先
〒 102-8177　東京都千代田区富士見 2-13-3
電撃文庫編集部
「五十嵐雄策先生」係
「たん旦先生」係

本書は書き下ろしです。

電撃文庫

天使な幼なじみたちと過ごす10000日の花嫁デイズ

五十嵐雄策

2022年12月10日　初版発行

発行者　山下直久
発行　株式会社KADOKAWA
〒102-8177　東京都千代田区富士見2-13-3
0570-002-301（ナビダイヤル）
装丁者　荻窪裕司（META＋MANIERA）
印刷　株式会社暁印刷
製本　株式会社暁印刷

●お問い合わせ
https://www.kadokawa.co.jp/（「お問い合わせ」へお進みください）
※内容によっては、お答えできない場合があります。
※サポートは日本国内のみとさせていただきます。
※ Japanese text only

※定価はカバーに表示してあります。

ISBN978-4-04-914746-9　C0193　Printed in Japan

電撃文庫　https://dengekibunko.jp/

電撃文庫創刊に際して

文庫は、我が国にとどまらず、世界の書籍の流れのなかで〝小さな巨人〟としての地位を築いてきた。古今東西の名著を、廉価で手に入りやすい形で提供してきたからこそ、人は文庫を自分の師として、また青春の想い出として、語りついできたのである。

その源を、文化的にはドイツのレクラム文庫に求めるにせよ、規模の上でイギリスのペンギンブックスに求めるにせよ、いま文庫は知識人の層の多様化に従って、ますますその意義を大きくしていると言ってよい。

文庫出版の意味するものは、激動の現代のみならず将来にわたって、大きくなることはあっても、小さくなることはないだろう。

「電撃文庫」は、そのように多様化した対象に応え、歴史に耐えうる作品を収録するのはもちろん、新しい世紀を迎えるにあたって、既成の枠をこえる新鮮で強烈なアイ・オープナーたりたい。

その特異さ故に、この存在は、かつて文庫がはじめて出版世界に登場したときと、同じ戸惑いを読書人に与えるかもしれない。

しかし、〈Changing Times,Changing Publishing〉時代は変わって、出版も変わる。時を重ねるなかで、精神の糧として、心の一隅を占めるものとして、次なる文化の担い手の若者たちに確かな評価を得られると信じて、ここに「電撃文庫」を出版する。

1993年6月10日
角川歴彦